LE GRAND-PÈRE LEBIGRE

OUVRAGES DU MÊME AUTEUR

ŒUVRE COMPLÈTE. — VOLUMES IN-18 A 3 FR.

LES VIEUX DE LA VIEILLE, 5e édition. . . . . 1 vol.
LE GRAND-PÈRE LEBIGRE, 5e édition. . . . . 1 vol.
L'AMI FRITZ, comédie en 3 actes, en prose, musique de HENRI MARÉCHAL. . 1 vol.
CONTES VOSGIENS, 5e édition . . . . 1 vol
SOUVENIRS D'UN ANCIEN CHEF DE CHANTIER, 7e édition . . . . 1 vol.
LE BRIGADIER FRÉDÉRIC, 9e édition. . . . . 1 vol.
UNE CAMPAGNE EN KABYLIE, 6e édition. . . . . 1 vol.
LES DEUX FRÈRES, 10e édition . . . . 1 vol.
HISTOIRE D'UN SOUS-MAITRE, 9e édition . . . . 1 vol.
HISTOIRE DU PLÉBISCITE, 18e édition. . . . . 1 vol.
L'ILLUSTRE DOCTEUR MATHÉUS, 6e édition. . . . . 1 vol.
LA MAISON FORESTIÈRE, 8e édition . . . . 1 vol.
MAITRE DANIEL ROCK, 5e édition. . . . . 1 vol.
MAITRE GASPARD FIX, 6e édition . . . . 1 vol.
CONTES POPULAIRES, 6e édition . . . . 1 vol.
CONTES DES BORDS DU RHIN, 5e édition . . . . 1 vol.
CONTES DE LA MONTAGNE, 6e édition . . . . 1 vol.
CONFIDENCES D'UN JOUEUR DE CLARINETTE, 7e édition . . . . . 1 vol.
HISTOIRE D'UN CONSCRIT DE 1813, 41e édition . . . . 1 vol.
L'INVASION, 21e édition. . . . . 1 vol.
MADAME THÉRÈSE, 31e édition. . . . . 1 vol.
WATERLOO, 30e édition. . . . . 1 vol.
LA GUERRE, 7e édition . . . . 1 vol.
LE BLOCUS, 21e édition. . . . . 1 vol.
HISTOIRE D'UN HOMME DU PEUPLE, 12e édition . . . . 1 vol.
HISTOIRE D'UN PAYSAN :

1re PARTIE. *Les États généraux* (1789), 23e édition . . . . 1 vol.
2e PARTIE. *La Patrie en danger* (1792), 18e édition . . . . 1 vol.
3e PARTIE. *L'an I de la République* (1793), 13e édition. . . . . 1 vol.
4e PARTIE. *Le citoyen Bonaparte* (1794 à 1815), 11e édition. . . . . 1 vol.

LE JUIF POLONAIS, drame en 3 actes et 5 tableaux, avec airs notés. 1 vol. in-18. Prix. . . . . 1 fr. 50 c.
LETTRE D'UN ÉLECTEUR A SON DÉPUTÉ. Prix. . . . . 50 c.

Paris. — Imp. Gauthier-Villars, 55, quai des Grands-Augustins

LE GRAND-PÈRE LEBIGRE

LES TROIS AMOUREUX DE LA GRAND'MÈRE

LA VISION DE M. POIRIER

PAR

ERCKMANN-CHATRIAN

ILLUSTRÉS DE 18 DESSINS PAR LALLEMAND ET BENETT

ŒUVRES COMPLÈTES ILLUSTRÉES

ROMANS NATIONAUX

Le Conscrit de 1813
Madame Thérèse ou les Volontaires de 92
L'Invasion
Waterloo
L'Homme du peuple
Le Blocus
La Guerre

HISTOIRE DE LA RÉVOLUTION FRANÇAISE RACONTÉE PAR UN PAYSAN 1789 A 1815

ŒUVRES COMPLÈTES ILLUSTRÉES

ROMANS POPULAIRES

Docteur Mathéus
Hugues le Loup
Daniel Rock
Contes des Bords du Rhin
L'ami Fritz
Joueur de Clarinette
Maison forestière
Le Juif Polonais

CONTES ET ROMANS ALSACIENS

Hist. du Plébiscite
Histoire d'un Sous-Maître
Les Deux Frères
Brigadier Frédéric
Campagne en Kabylie
Gaspard Fix
Chef de chantier
Contes vosgiens

L'OUVRAGE COMPLET, PRIX : 1 FR. 30 C.

PARIS
J. HETZEL ET Cie, ÉDITEURS, 18, RUE JACOB

LE GRAND-PÈRE LEBIGRE

LES TROIS AMOUREUX DE LA GRAND'MÈRE

LA VISION DE M. POIRIER

PAR

ERCKMANN-CHATRIAN

ILLUSTRÉS DE
18 DESSINS PAR LALLEMAND ET BENETT

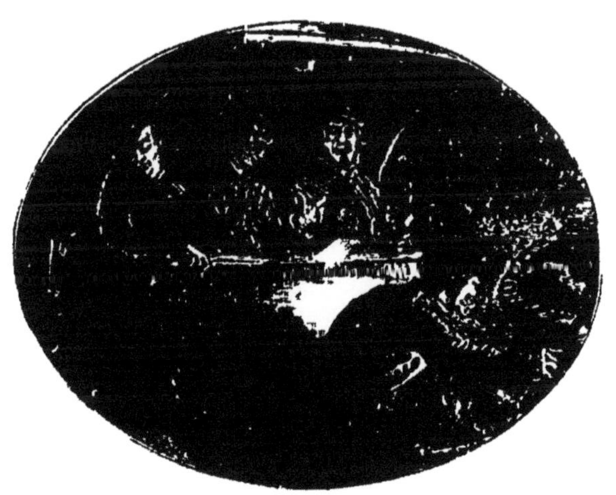

PARIS
J. HETZEL ET Cie, ÉDITEURS, 18, RUE JACOB

LE GRAND-PÈRE LEBIGRE

PAR

ERCKMANN-CHATRIAN

Que de bons moments j'ai passés dans cette petite chambre. (Page 4.)

I

Mon père voulait faire de moi un soldat, me dit le juge Lebigre; mais le bravo homme étant mort jeune, en 1835, et ma mère n'ayant pas tardé à le suivre, le conseil de famille décida que je serais avocat et que je ferais mes études au collège de Sainte-Suzanne, où l'on me conduisit immédiatement.

Mon grand-père, Étienne Lebigre, était libraire dans cette petite ville; j'allais le voir tous les dimanches.

J'avais alors neuf ans; je savais lire, écrire, un peu chiffrer; je marchais à la tête des promenades, en uniforme de collégien, et les bonne gens de la ville, me voyant passer si petit, s'intéressaient à moi.

Du reste, tout allait bien; je grandissais.

j'apprenais mon rudiment, les fables de La Fontaine, quelque peu d'histoire et de géographie, l'arithmétique et le cornet à piston, pour lequel j'avais un goût particulier.

La discipline n'était pas trop sévère : M. Brigolant, notre principal, homme du monde, tenait avant tout à ce que ses élèves prissent de bonnes manières, du savoir-vivre, dans son établissement; aussi tous les arts d'agrément y étaient cultivés avec soin : nous avions maître de danse, maître d'escrime, professeur de dessin et de musique.

Bref, la vie était assez douce au collège de Sainte-Suzanne, et vers les dernières années, en terminant mes études sous M. Poirier, notre digne professeur de rhétorique et de philosophie, j'avais tellement pris l'habitude de vivre dans cet ancien cloître, que le plaisir seul d'embrasser de temps en temps le bon vieux grand-père me donnait l'idée de sortir.

Pourtant l'existence au dehors ne laissait pas d'être fort agréable, et, quand je m'y trouvais mêlé, la gaieté de mon caractère reprenait le dessus. MM. les officiers de la garnison offraient en ce temps des bals à la bourgeoisie pendant la saison d'hiver; on répondait à leurs politesses par d'autres invitations; il y avait redoute, soirée dansante chez M. le maire, chez M. le commandant de place; fêtes au carnaval, enterrement du mardi-gras en musique, etc. Puis les prédications du carême, et tous les soirs, de huit à neuf heures, la bénédiction, où les messieurs et les dames se rendaient de compagnie, au clair de lune, ou sous la capuche en temps de neige.

L'été venu, c'étaient des promenades au bois, des pique-nique à la petite auberge forestière des Mésanges, des pèlerinages à la fontaine Sainte-Claire.

En ma qualité de cornet à piston de la musique du collège, j'étais de tout cela; je faisais ma partie à l'orchestre, au buffet, à la buvette.

La *Gazette de Sainte-Suzanne*, journal rédigé par M. Stecken, professeur de troisième, rendait compte de toutes les cérémonies en style fleuri, distribuant des éloges à qui les méritait; et plus d'une fois je vis citer mon nom parmi les exécutants les plus distingués, ce qui me causait une douce émotion, je vous prie de le croire.

Ah! le beau temps! Ces beaux jours de la vie de province ne reviendront plus... C'est fini... bien fini!...

La débâcle commença vers la fin de 1843, lorsque parurent les *Mystères de Paris*, d'Eugène Sue.

Non seulement toute la population, mais tout le collège se mit à lire cet ouvrage.

Ce fut une véritable fureur; on n'avait jamais connu à Sainte-Suzanne les magnificences du monde, les horreurs de la capitale, toutes ces choses d'amour, de joies secrètes, de terreur, qui vous donnent la chair de poule et qui vous bercent en même temps, — selon l'expression de M. Petit-Didier, notre professeur de quatrième, — qui vous bercent d'ineffables voluptés.

C'était du nouveau; le cabinet littéraire de mon grand-père Étienne, sur la place des Acacias, se vit tout à coup envahi par l'élite de la société

Le grand-père louait les *Mystères de Paris* cinq sous le volume; on se les arrachait; les jeunes dames et les messieurs ne parlaient plus que du Chourineur, du Maître d'école, de la Chouette, de Tortillard... et puis du vicomte de Saint-Remy..., que sais-je?

Tout était bouleversé de fond en comble; et c'est alors que notre maître de dessin, M. Brusquet, jusqu'à ce jour assez modeste et raisonnable, eut l'idée extraordinaire de faire le Cabrion à Sainte-Suzanne et de chercher des Pipelets dans tous les coins.

C'était pourtant un bon garçon, élève du vieux professeur de dessin M. Pichaud, mort quelques années avant, et qu'il remplaçait avantageusement, non seulement par son talent naturel, mais encore par un fond de bonne humeur intarissable.

Pendant sa classe, il ne faisait que siffloter, allant d'une table à l'autre, vous regardant dessiner une seconde, penché sur votre épaule; puis, sans rien dire, vous prenant le crayon de la main et rectifiant le nez de votre Horace, l'œil de votre Cléopâtre, en murmurant par forme de commentaire :

« Il est fichu comme un emplâtre, votre Romain! » Ou bien : « Vous dessinez comme une savate! Vous ne serez jamais un Raphaël... c'est moi qui vous le dis, et vous pouvez me croire. »

Qui jamais se serait imaginé que ce brave M. Brusquet était capable de folies pareilles?

Il avait pris le grand chapeau pointu de Cabrion, son modèle, sa veste de rapin, ses larges pantalons à la hussarde, et poussait par les rues des « Allez donc! » comme Anastasie Pipelet lorsqu'elle lâche son pot de soupe, du haut de l'escalier, sur Malicorne; il ne vous répondait plus qu'en argot, et se mettait à braire, à jeter des cris de coq en vous parlant nez à nez.

C'était absurde, et toute la ville s'en faisait du bon sang : les dames le trouvaient charmant; les officiers de la garnison l'invitaient à leur pension, chez Tripotin; il leur donnait des représentations de ventriloquie, où figuraient toujours mon grand-père Étienne et sa sœur, ma tante Clarisse.

Le gueux avait remarqué que ces vieilles gens, qui vivaient ensemble depuis quarante ans, prêtaient un peu à rire par les petites manies de la vieillesse; il imitait leur façon de parler, leur accent, leurs gestes, avec une perfection incroyable; rien que de l'entendre appeler « Clâa-risse! Clâa-risse!... » comme mon excellent grand-père, la salle était enlevée :

« Bravo! bravo!... C'est ça! c'est bien ça!... *bis! bis!...* »

Les vitres en tremblaient; et dehors, sous les fenêtres, la moitié de la ville écoutait dans le silence, pouffant de rire.

La conversation de mon grand-père Étienne et de la tante Clarisse continuait jusque vers huit heures, avec des coq-à-l'âne et des calembours à se tordre les côtes. Puis toute la société partait, bras dessus, bras dessous, et se rendait au café Lequêne, riant comme des fous et criant : « Et allez donc! »

Oui, c'est alors que la débâcle commença!

Mon grand-père, homme d'esprit, riait tout le premier des plaisanteries de ce Cabrion de province; mais la tante Clarisse, d'humeur assez revêche, s'en faisait de la bile, et s'emportait jusqu'à dire que notre professeur de dessin n'était qu'un polisson.

Bientôt, M. Brusquet, se croyant devenu Cabrion en personne, ne mit plus de bornes à sa licence, et, chaque matin, les plus honnêtes bourgeois furent exposés à voir, dessinés au charbon sur leurs portes, des emblèmes qui leur faisaient dresser les cheveux sur la tête.

II

Ainsi commençait à se mouvementer l'existence dans notre bonne petite ville de Sainte-Suzanne. C'est un de mes souvenirs les plus vivants et que l'âge ne saurait effacer.

Je me souviens surtout des jours de congé que je passais chez mon grand-père Lebigre. Jamais il ne m'est arrivé de rencontrer d'homme plus intelligent, plus instruit et de meilleure compagnie que cet excellent grand-père. Il avait alors soixante et douze ans; sa tête était toute grise, mais ses yeux bruns, presque noirs, brillaient encore du feu de la jeunesse; son front large, son nez fortement aquilin et son menton saillant annonçaient une grande décision de caractère.

Sa librairie, la seule de Sainte-Suzanne, formait l'angle entre la rue du Collège et la place des Acacias.

C'était une vieille maison fort basse, n'ayant qu'un étage au-dessus du rez-de-chaussée; la devanture et les fenêtres garnies d'almanachs, de livres de piété pour les campagnards, de livres classiques pour les élèves, de grandes affiches vivement coloriées à la mode d'Épinal; du reste, bien située, bien en vue, à l'ombre des arbres de la place.

De son arrière-boutique, la porte étant ouverte, on découvrait toute la Grande-Rue.

C'était dans l'arrière-boutique, qui prenait jour par une seule fenêtre sur la rue du Collège, que se trouvait le cabinet littéraire : — quatre à cinq mille volumes, dont les uns dataient d'avant la Révolution, les autres de la République, d'autres de la Restauration : — Voltaire, Rousseau, Montesquieu, en haut, contre le plafond; Walter Scott, Cooper, Dinaucourt, les Œuvres de Mmes Cottin, de Genlis, de Saint-Venant, du vicomte d'Arlincourt, etc., au-dessous; Pigault-Lebrun, Rabou, Lamotte-Langon, Paul de Kock, en bas, sous la main, usés, presque en lambeaux, quoique le grand-père fût toujours à les réparer, à les relier, à renouveler leurs couvertures.

Toute la ville défilait par ce cabinet littéraire, depuis le colonel jusqu'au caporal, depuis la dame de M. le maire jusqu'à celles des droits réunis.

Chacun y trouvait ce qui lui convenait; tous les temps, tous les régimes ayant laissé là un spécimen de leur esprit et de leur goût.

L'Empire seul y brillait par son absence, car sous le grand homme on n'écrivait rien, attendu qu'il s'était réservé le monopole de l'esprit public.

Nous prenions nos repas dans la bibliothèque. La tante Clarisse, ses deux boucles de cheveux gris en papillotes sur les tempes, les joues rondes et rebondies, le grand bonnet de tulle noué en marmotte, l'air avenant, veillait à tout; elle se levait, au tintement de la sonnette, pour servir les clients qui se présentaient au magasin, puis revenait s'asseoir.

Le grand-père me racontait son établissement comme libraire-relieur à Sainte-Suzanne, la fondation de son cabinet littéraire après la rupture du traité d'Amiens, l'année même où le duc d'Enghien avait été fusillé dans les fossés de Vincennes.

« Les Bourbons, disait-il, faisaient courir le bruit que le Premier Consul travaillait pour eux, qu'il allait les remettre sur le trône; la nation s'en était émue; Bonaparte leur rappela brusquement qu'il était Corse! »

Et, cette même année où Moreau avait été banni, Pichegru trouvé étranglé dans sa prison, et Napoléon couronné par le pape à Notre-Dame, il s'était établi, lui, à Sainte-Suzanne, préférant le travail aux enivrements de la gloire.

Il me racontait ses premières années de labeur, et s'il se présentait un abonné, c'est moi qui le servais.

Pendant l'après-midi, la tante Clarisse expédiait les acheteurs au magasin; le grand-père reliait les brochures qui demandaient quelque réparation, et se levait chaque fois que se présentaient plusieurs clients, pour donner un coup de main à sa sœur.

Ces allées et venues me plaisaient.

Que de bons moments j'ai passés dans cette petite chambre tapissée de livres, avec l'excellent homme, toujours à brocher, à coudre, à coller, à redresser les oreilles de ses volumes, en me racontant mille anecdotes et faisant ses observations sur les pratiques qui défilaient; le tout sans méchanceté, par simple bonne humeur et par esprit philosophique.

« Tiens, disait-il, voici deux sergents de la deuxième du premier qui viennent ici changer leurs volumes... tu vas les entendre causer agréablement en présence de Clarisse; elle n'est plus de la première jeunesse; mais ces jeunes gens ont besoin de montrer leur esprit. Je suis sûr que le petit brun est reçu bachelier, car il fait des citations latines, et l'autre rit pour avoir l'air de les comprendre... Tu vas voir, c'est du Paul de Kock tout pur. »

Jamais il ne se trompait; on aurait dit que les gens jouaient la comédie pour lui; son sourire plein de bonhomie les encourageait, et j'avais quelquefois de la peine à m'empêcher de rire.

Les sergents partis, un instant après, tout en poursuivant son travail et jetant un coup d'œil sur la place, il reprenait :

« Voici ma plus vieille pratique, le lieutenant Alate, un Corse. Depuis trente-cinq ans, je lui loue le même ouvrage, à trente sous par mois, c'est l'*Histoire philosophique des établissements et du commerce des deux Indes*, par l'abbé Raynal, qu'il n'a jamais lue, parce qu'il ne sait pas lire; mais il met ses lunettes et s'endort sur le volume. — Tous les quinze jours, il vient régulièrement changer ses livres; je lui donne les deux premiers volumes, puis les deux autres, ainsi de suite. Avec ses trente sous d'abonnement par mois, il aurait pu m'acheter toute ma bibliothèque; mais il veut qu'on le voie passer avec des livres sous le bras, il veut qu'on le prenne pour un savant. — Le voici. »

Et, se levant :

« Bonjour, monsieur Alate; vous venez me demander des livres?

— Oui, monsieur.

— Comment trouvez-vous ceux-ci?

— Très bien... très bien!

— Alors, vous voulez du sérieux; vous avez le goût des ouvrages sérieux, monsieur Alate, des choses profondes. Tenez, il n'y a que cela qui vous convienne : — c'est l'*Histoire du commerce des deux Indes*; — quelque chose de tout nouveau. Voici le tome premier et le tome deuxième; et, quand vous les aurez lus, je vous donnerai les deux autres. »

Il inscrivait gravement les deux volumes, tandis que M. Alate, content d'être considéré comme un savant, s'en allait en hochant la tête.

« L'affaire est faite, disait le grand-père en s'asseyant à son établi. Tu viens d'entendre à son accent que M. Alate est Italien; c'est un compatriote de Napoléon; il est d'Ajaccio même et doit avoir maintenant près de quatre-vingt-dix ans. — Il avait été mis à la retraite, en 1807, comme sous-lieutenant : six cents francs! Le grand homme a doublé sa pension... Je crois encore assister à l'événement.

« L'Empereur revenait d'Erfurt; il avait fait halte pour déjeuner à l'*Hôtel de la Cigogne*, et, dans les milliers de cris de : « Vive l'Empereur! » qui s'élevaient sur la place, une voix, celle d'Alate, attirait son attention; Alate, avec son accent corse, criait : « Vive Buonaparté! Vive Napolio! »

« L'Empereur, entendant cette voix, qui lui rappelait son île rocheuse, sa vraie patrie, en était plus touché que de tout le reste; il envoya sur-le-champ un de ses officiers déterrer Alate dans la foule, et celui-ci, trouvant la chose toute naturelle, suivit l'officier jusqu'en présence du héros, qui lui demanda, tout réjoui de voir un compatriote, ce qu'il était et ce qu'il faisait à Sainte-Suzanne.

« Alate lui répondit qu'il appartenait à la famille des Alate, laquelle était logée dans la même rue, à quelques maisons plus loin que celle des Bonaparte, à Ajaccio ; qu'il avait bien connu son père, le juge Charles, et la belle Letizia ; qu'il avait eu même l'honneur de le bercer lui-même tout enfant dans ses mains, et que sa mère, la vieille Jacobina, avait bien des fois mouché la petite Élisa et la petite Pauline, dans son tablier, comme il arrive entre bons voisins ; enfin qu'ils pouvaient se considérer comme de bons amis.

« Il paraît que ces détails réjouirent Bonaparte, qui se trouvait en ce moment de bonne humeur.

« — C'est bien, mon brave, lui dit-il. Je ne t'oublierai pas.

« Et, dès le retour de l'Empereur aux Tuileries, Alate recevait 1200 francs de pension au lieu de 600. Il ne s'en étonna pas.

« Voilà comment, pour avoir eu la voix criarde et l'accent corse, il touche depuis trente-sept ans la retraite de capitaine, que des milliers d'autres n'ont pu obtenir en sacrifiant bras et jambes pour la France ; il est agréable d'avoir des compatriotes pareils. »

Et, tandis que je rêvais à ce qu'il venait de me dire, le grand-père, voyant entrer quelques clients au magasin, sortait :

« Bonjour, monsieur Péjoine. Bonjour, mademoiselle Pointel... Qu'y a-t-il pour votre service ?

— Je voudrais des plumes, de l'encre, de la cire à cacheter.

— Voici, monsieur Péjoine. — Et vous, mademoiselle ?

— Un livre d'heures, monsieur Lebigre.

— A quel prix ? Nous en avons de tous prix ! dorés sur tranches, avec ou sans fermoirs d'argent ; voyez, mademoiselle Pointel. »

Je regardais à la petite porte vitrée ; et le grand-père, après avoir servi ses clients, me disait en rentrant :

« Tu viens de voir ce gros homme, avec son nez rouge et son grand chapeau de paille ? Tu dois te demander ce qu'il a fait pour être décoré, car il n'a pas la physionomie d'un soldat, ni celle d'un savant.

« C'est M. Péjoine, l'ancien maître de la poste aux chevaux ; il a reçu la croix de Louis-Philippe lors de son passage à Sainte-Suzanne, en 1832, parce qu'il avait dans ses écuries un grand cheval blanc, bien paisible et la croupe luisante, qui lui servait à visiter les ouvriers aux champs pendant les récoltes, à rentrer ses foins et ses pommes de terre.

« Quand M. Péjoine se promenait à cheval, il était sûr de ne pas tomber, car jamais la bonne bête n'avait fait un pas plus vite que l'autre.

« Eh bien, il fallait un cheval pareil à Sa Majesté, pour circuler en ville et passer la revue du 24ᵉ de ligne, alors en garnison chez nous ; et M. Péjoine, informé de la chose, offrit son coursier, qui fut accepté.

« Après la revue, le maître de poste n'ayant voulu recevoir aucune récompense pour ce service, on lui donna la croix, qu'il porte, à la place de son cheval. Et c'est pourquoi la sentinelle du commandant va saluer militairement M. Péjoine... Regarde, là-bas... elle l'a vu de loin, elle est déjà au port d'arme... une... *deusse !*... c'est très bien. »

Il riait ; puis, se rappelant la vieille :

« Quant à Mˡˡᵉ Salomé Pointel, disait-il, c'était la plus belle fille de Sainte-Suzanne, en l'an II. Elle aurait converti tous les capucins du pays à la République, s'ils avaient pu la voir en déesse de la Liberté, sur son char de triomphe, à la fête de l'Être suprême. grande, brune, la tunique pourpre, les bras nus jusqu'aux épaules, le sein découvert, la jambe blanche comme un marbre ; malheureusement, les capucins avaient rejoint le cardinal de Rohan à Trèves.

« Depuis, la pauvre fille s'est bien repentie, elle a bien pleuré sur ses égarements.

« Maintenant, elle ne fréquente plus que l'église et la maison de cure ; elle repasse les rabats de M. le curé et les surplis de l'autel ; elle voudrait se confesser tous les huit jours ; M. Blanchard est forcé de modérer sa dévotion et son repentir.

« Espérons qu'elle aura trouvé grâce devant l'Éternel et qu'il lui sera beaucoup pardonné, car l'excellente créature a beaucoup aimé.

— Ah ! que vous avez mauvaise langue ! s'écriait la tante Clarisse. Ah ! vraiment, c'est trop fort !

— Comment ! faisait-il en la regardant d'un air goguenard ; voyons... voyons, Clarisse, est-ce vrai ?

— Mais oui... mon Dieu, oui, c'est vrai.. mais toutes les vérités ne sont pas bonnes à dire, vous le savez bien... et si nous voulions tous compter nos péchés...

— Nos péchés ! faisait-il ; vous avez donc des péchés, Clarisse ?... Allons, dites-les moi... Je vous promets l'absolution.

— Oh ! que non, vous ne les saurez pas.

— Pourquoi?

— Parce que...

— Vous aimez mieux les dire à M. le curé Blanchard!

— Hé! sans doute!... Vous n'êtes pas mon confesseur...

— Ah! Clarisse, ce que vous me dites là n'est pas précisément bien, mais je n'en suis pas étonné. J'ai peut-être tort de vous rappeler que vous me connaissez depuis cinquante ans et que je devrais vous inspirer pleine confiance. Qui donc, Clarisse, vous a retirée de notre pauvre village? Qui vous a servi de père? Du vivant même de ma pauvre femme défunte, n'avez-vous pas toujours eu part à mon amitié, à ma confiance? Ne vous ai-je pas toujours confié mes plus intimes secrets?... N'avez-vous pas eu communication de toutes mes affaires?... J'aurais donc droit, en bonne justice, d'être payé de réciprocité. Mais non, ce n'est pas en moi, votre frère aîné, que vous avez confiance, c'est en M. le curé Blanchard, qui vous est étranger!... Encore pour M. Blanchard, passe!... Je n'ai rien à redire, c'est un brave homme, un vieux curé gallican que nous connaissons l'un et l'autre depuis bien des années... Mais qu'il en vienne un autre : un de ces jeunes gens pleins de zèle, dont parle Paul-Louis, il en sera de même, n'est-ce pas, Clarisse? Vous irez tout lui raconter de préférence à moi?... »

La tante, les lèvres serrées, ne répondait pas, car le grand-père disait vrai, et la bonne femme ne voulait pas mentir.

Alors, me lançant un de ses regards perçants, le digne homme me disait avec un sourire à la fois caustique et amer :

« Tu vois, Lucien, tu vois où nous en sommes. Toi, qui fais ta philosophie, profite de la leçon, médite sur ce chapitre!... Voici ma sœur qui m'aime, et qui m'estime aussi, j'en suis sûr, elle ne peut faire autrement; la voilà qui met sa confiance dans un étranger, et qui, s'il arrivait un de ces fameux jésuites, un de ces rusés compères, qui n'ont ni famille, ni patrie, ni religion véritable, qui n'ont que leur froide ambition et leur âpre soif de domination pour tout mobile, s'il en venait un par ici, ma sœur, ma propre sœur, irait se jeter à ses genoux, lui demander pardon de ses peccadilles, et croirait à son absolution, tandis qu'elle ne me dit pas un mot de ses scrupules. Juge de la puissance de cette race!... Jamais je ne connaîtrai le fond du cœur de ma sœur, et ce jésuite-là, s'il arrive un jour à Sainte-Suzanne, le connaîtra du premier coup... Oui, ce que la jeune fille cache à son père, ce que la sœur cache à son frère, ce que la femme cache à son mari, elles vont le dire en secret à un célibataire en robe noire!... Quelle misère! faisait-il, quelle misère..... Mais parlons d'autre chose, c'est vraiment trop triste. »

Il y avait dans l'accent du grand-père une sourde colère contenue, un profond sentiment de douleur et de pitié, et puis cet esprit caustique qui ne le quittait jamais et qui donnait du mordant à ses moindres réflexions.

III

Nous étions alors à la fin de juin 1844, l'époque des examens du baccalauréat approchait, et M. Poirier, tenant à voir tous ses élèves reçus, comme les années précédentes, nous faisait traduire les auteurs grecs et latins du programme jusqu'à dix heures du soir.

Nous n'avions plus de jeudi ni de dimanche, et les conversations philosophiques avec le grand-père restaient suspendues.

En ville, M. Brusquet poursuivait le cours de ses exploits. Les bourgeois, effrayés de voir les caricatures se multiplier sur leurs murs, commençaient à se lasser furieusement des *Mystères de Paris;* mais les fous, une fois lancés dans une direction, ne s'arrêtent jamais, et l'on ne sait comment les ramener au sens commun.

Les applaudissements que recevait chaque jour M. Brusquet à la pension des officiers exaltaient son amour-propre, et puis il avait pour approbateur son ami Petit-Didier, le professeur de quatrième, qui trouvait tous les gens de la province parfaitement ridicules.

Brusquet et Petit-Didier ne se quittaient pas; on les voyait passer ensemble matin et soir, l'un, sa grande tignasse jaune retombant sur le dos, le chapeau sur l'oreille, le carton sous le bras, riant d'un air goguenard et poussant des « cocoricos » à tout bout de chemin; l'autre, la crinière brune ébouriffée, les yeux sombres, le sourire amer, se considérant comme un être incompris, et ruminant de petits vers, qu'il trouvait aussi beaux que ceux de Hugo et de Musset, pour le moins.

Voilà les deux enragés qui voulaient faire la loi à Sainte-Suzanne. Le conseil municipal délibérait pour savoir comment se débarrasser de pareils intrigants, lorsque la tante Clarisse, fort ennuyée d'être ridiculisée tous les soirs avec son frère, chez le gargotier Tripotin, par deux individus qu'elle considérait au fond comme des imbéciles, trouva le moyen de les faire déguerpir d'une façon vraiment réjouissante.

Un matin, en ouvrant sa boutique, mon grand-père aperçut M. Brusquet qui sortait du collège en face, allongeant le pas, gesticulant et riant comme un fou.

« Allons, se dit-il, le braque vient encore d'imaginer quelque mauvaise farce pour égayer les sots aux dépens des bonnes gens de la ville. Cela devient ennuyeux, à la longue. »

Il se sentait vexé, et, voyant M. Brusquet passer à grands pas devant sa porte, sans l'apercevoir :

« Hé! monsieur Brusquet, lui dit-il, vous êtes bien gai ce matin. Où donc courez-vous si vite?

— Ah! la bonne plaisanterie! s'écria l'autre en s'arrêtant. Ah! ce pauvre Petit-Didier me fait-il rire.... J'en attraperai la colique, c'est sûr.

— De quoi s'agit-il, mon cher monsieur Brusquet? Entrez donc un instant; à vous voir si gai, j'ai bien envie de rire aussi. »

Il pouvait être six heures du matin, la place des Acacias était déserte, et M. Brusquet, voyant le café Lequêne encore fermé, enjamba les marches de la petite librairie et s'élança dans l'arrière-boutique, en s'écriant avec une explosion de fou rire :

« Vous connaissez le cantinier Poitevin, qui loge dans le pavillon de la caserne d'infanterie, derrière le collège, monsieur Lebigre, vous devez le connaître?

— Je l'ai vu passer quelquefois, répondit mon grand-père, en prenant une bonne prise pour s'éveiller les idées. Oui, je l'ai vu regarder à ma devanture, mais je ne le connais pas autrement.

— Ah! dit M. Brusquet, c'est un terrible homme que ce Poitevin : grand, mince, les moustaches en paraphe, et qui manie un fleuret.... Prrr! Il faut le voir les dimanches, à la salle d'armes; c'est la plus forte lame du régiment; il rendrait des points à feu Lapointe, de la 32e demi-brigade.

— Diable! diable! fit le grand-père; j'espère que vous n'êtes pas en délicatesse avec lui? Vous n'avez rien à démêler ensemble?

— Dieu m'en préserve! Je n'aurais plus qu'à faire mon testament. »

Il se promenait de long en large dans la bibliothèque; puis, s'arrêtant tout à coup :

« Eh bien, vous saurez, dit-il, que ce brave homme a la plus jolie fille du monde : une petite brune, les yeux noirs, les lèvres roses, et une taille... des mains... des pieds!... Ah! je ne vous dis que cela, fit-il en se baisant le bout des doigts : un vrai bouquet de violettes!

— Je vous crois, dit le grand-père en souriant. En seriez-vous amoureux, monsieur Brusquet?

— Amoureux? Allons donc! J'en parle comme artiste, quoique... après ça... si les circonstances... Mais non! je ne suis pas en jeu; il s'agit de mon ami Petit-Didier; nous arrivons à l'histoire. Vous allez vous en faire du bon sang! Figurez-vous qu'avant-hier j'entre chez Petit-Didier, vers huit heures du matin, avant les classes. — Nous demeurons sur le même palier, au collège; nos fenêtres donnent sur le jardin, juste en face du pavillon de la caserne. — Petit-Didier ne se doutait de rien. Et qu'est-ce que je vois? Mon gaillard à sa fenêtre, qui faisait des signes, du côté du pavillon, à Mlle Rosalie, la fille du maître d'armes. Elle était à sa lucarne, en train de rapetasser modestement une paire de chaussettes. Et mon Petit-Didier s'agitait, mettait la main sur son cœur, etc., etc. Ce télégraphe l'absorbait tellement, qu'il ne m'avait pas entendu.

« Moi, voyant tout cela, tout doucement je referme la porte et je rentre dans ma chambre sur la pointe des pieds.

« Une idée venait de me venir... une idée mirobolante, quelque chose à renverser les murs.... Vous allez voir, monsieur Lebigre.... Mais ne m'interrompez pas, ne riez pas d'avance, ça me gagnerait, je ne pourrais plus finir.

— Allons, continuez, lui disait le grand-père, fort intrigué par ce début; nous rirons ensemble après l'histoire, ce sera plus agréable.

— Oui, reprit M. Brusquet, une idée magnifique, un trait de génie; on ferait avec cela une pièce pour le Vaudeville, un premier rôle pour Arnal; il faudra que j'y pense.

— S'il vient du monde au magasin, je n'aurai pas le temps de vous entendre, dit le grand-père avec impatience.

— J'y arrive, monsieur Lebigre; en deux mots, voici l'affaire :

« Rentré dans ma chambre, je m'assieds à

On les voyait passer ensemble matin et soir (Page 6)

mon bureau et j'écris ce que je vais vous lire :

« Monsieur le professeur Petit-Didier,

« Depuis quelques jours je m'aperçois que vous êtes embusqué derrière les rideaux de votre fenêtre, pour essayer de séduire ma fille, par des signes qu'un polisson seul peut se permettre à l'égard d'une personne vertueuse. J'ai patienté, pensant que cela finirait; mais, comme cela continue, je vous intime l'ordre de cesser d'abord... ou j'entre dans votre établissement, pour vous corriger en présence de vos élèves.

« Ensuite, comme l'affaire a duré trop longtemps et que votre figure me déplaît, je ne veux plus vous rencontrer sur mon chemin, ni dans les rues, ni sur la place d'Armes, ni partout ailleurs où j'ai l'habitude de me promener avec ma fille.

« En conséquence, si je vous rencontre, nous aurons tout de suite une petite explication ensemble, dont vous vous souviendrez longtemps.

« Vous comprenez ce que je veux dire; ainsi tâchez de faire attention.

« POITEVIN,

« Maître de pointe, de contre pointe et d'élégance française. »

Le grand-père ne put s'empêcher de sourire, mais la tante Clarisse, qui venait d'entrer, ayant tout entendu, fut transportée d'enthousiasme et se mit à rire comme une bienheureuse. Elle détestait Petit-Didier presque autant que Brusquet lui-même!

Me battre .. ah! je n'y pense pas. (Page 11.)

« Ah! que c'est bien! s'écria-t-elle; ah! la bonne idée que vous avez eue! »

Brusquet, charmé de son succès, poussait des « cocoricos » et criait : « Allez donc! »

« Mais, lui dit le grand-père au bout d'un instant, vous avez vu depuis M. Petit-Didier?

— Si je l'ai vu!... Aussitôt le facteur passé j'ai couru à sa chambre, vous pensez bien! Il avait une mine... une mine... tenez, longue comme mon bras!

« Qu'avez-vous donc, Petit-Didier? lui dis-je; vous ne paraissez pas bien.

— Oh! ce n'est rien, faisait-il, en toussant tout bas dans sa main; je n'ai pas trop bien dormi, je suis un peu fatigué.

— Vous aurez pris une chope de trop hier soir.

— Non... je ne crois pas... c'est une fausse digestion.

— Oui, je comprends... des crampes d'estomac... des gargouillements dans le ventre... Mais ce ne sera rien. Voyons, le temps est magnifique, vous n'avez pas classe ce soir... passez votre redingote et allons faire un tour sur la places d'Armes; la musique du régiment est là-bas; les dames se promènent avec leurs petites ombrelles. Vous leur décocherez des œillades... Hé!... hé!... hé!... ça vous remettra, farceur!... Voyons, riez donc; vous étiez de si bonne humeur ces jours-ci!

— Non!... non!.. laissez-moi, faisait-il; décidément je ne suis pas bien du tout. »

Brusquet, en racontant la déconfiture de son camarade, prenait des tons si comiques, que la tante Clarisse se serait assise à terre à force de rire, si le grand-père ne s'était dépêché de lui présenter une chaise.

« Voilà pourtant comment le gueux nous représente, mon frère et moi, pensait-elle. Ah! s'il pouvait lui en arriver autant qu'à l'autre, ce serait pain bénit! »

Quelques clients, entrant alors dans la boutique, le grand-père sortit pour les servir.

« Ah! çà, dit le maître de dessin à la tante Clarisse, tout ceci est entre nous... N'allez pas en parler ailleurs?

— Soyez tranquille, monsieur Brusquet, mon frère et moi nous n'en soufflerons mot. »

Elle pensait :

« Tu n'auras rien de plus pressé que d'aller le raconter toi-même au café; ce soir, toute la ville le saura. »

Et, reconduisant M. Brusquet jusque sur la porte, elle le suivit quelques instants des yeux, pour s'assurer qu'il se dirigeait bien du côté du café Lequêne; puis elle monta dans sa chambre, s'assit à son petit bureau et écrivit la lettre suivante:

« *A M. Brusquet, maître de dessin au collège.*

« Monsieur,

« J'apprends à l'instant que, pour faire rire à mes dépens les habitués du café Lequêne, vous n'avez pas craint de compromettre la réputation de ma fille.

« Je suis un vieux soldat, monsieur le professeur de dessin; personne jusqu'à présent ne s'était permis de me marcher sur les pieds; j'espère donc que vous allez me rendre raison de cette insulte, par les armes.

« Vous verrez mes témoins aujourd'hui même, vous leur ferez connaître les vôtres et nous viderons cette affaire comme il convient entre gens d'honneur; sinon, je vous souffletterai partout où j'aurai le plaisir de vous rencontrer.

« POITEVIN. »

Cette lettre écrite, pliée, cachetée, la tante Clarisse courut la mettre à la poste et revint toute rayonnante, en pensant :

« Elle y est! »

Le plaisir de se venger l'avait rajeunie.

A partir de ce moment, elle ne finissait plus d'épier les entrées et les sorties du collège.

Vers quatre heures, ayant vu le facteur Latouche entrer au collège, elle se dit :

« Maintenant, M. Brusquet lit la lettre; il doit avoir une drôle de mine! »

En effet, M. Brusquet, en jetant les yeux sur la missive, faillit se trouver mal; il sortait de sa classe, et se mit à bégayer, en s'appuyant au mur :

« Ah!... ah!... Soutenez-moi... Ah! mon Dieu!...

— Qu'avez-vous? lui demanda son ami Petit-Didier, qui sortait en même temps de la salle voisine.

— Moi!... Ah! rien... Ce n'est rien... un éblouissement. »

Et, fourrant la lettre dans sa poche, il murmurait à part lui :

« Moi... me battre!... Il va m'envoyer ses témoins... un bretteur... un spadassin de profession!... Ah! le plus souvent que j'irais m'aligner avec un amateur de cette espèce. »

Petit-Didier, en l'écoutant, se demandait :

« Est-ce qu'il aurait fait des signes à la petite par sa fenêtre? Ça ne m'étonnerait pas, il en est bien capable... Allons... tant mieux, je ne serai plus seul, nous pourrons faire notre partie de besigue ensemble dans ma chambre jusqu'aux vacances! »

Pour comble de malice, la tante Clarisse, voyant deux troupiers arrêtés à la devanture de la boutique, les pria poliment de vouloir bien aller demander au concierge du collège « si l'on pouvait parler à M. Brusquet, professeur de dessin. »

Les deux soldats se chargèrent de la commission et revinrent lui dire, quelques instants après, que le concierge leur avait répondu que M. Brusquet n'était pas visible, qu'il était malade.

« Bon! je connais sa maladie, pensa la tante. Ah! le gueux, m'en a-t-il fait, du mauvais sang!... Chacun son tour... Il n'aura pas besoin de se purger de longtemps. »

Ce qu'elle pensait était vrai : le pauvre M. Brusquet, après avoir lu la lettre, avait couru prévenir le concierge « qu'il n'y était pour personne! » Aussi, jugez de sa consternation, en apprenant que deux militaires étaient venus s'informer de lui. Il ne douta pas un instant que ce ne fussent les témoins du féroce Poitevin; et, pensant qu'ils pourraient revenir et peut-être même forcer la consigne, cette idée lui produisit l'effet d'une bouteille d'eau de Sedlitz.

Jamais la tante Clarisse n'avait été plus gaie que ce jour-là, et le grand-père, la voyant à chaque instant éclater de rire tout bas, en faisant ses paquets de livres sur le comptoir, finit par lui dire :

« Je voudrais bien savoir, ma sœur, ce qui vous rend de si joyeuse humeur; il doit se passer quelque chose d'extraordinaire : me direz-vous ce que c'est? »

Alors, ne se contenant plus de satisfaction, la bonne femme lui raconta le tour qu'elle venait de jouer à M. Brusquet, en lui montrant le brouillon de sa lettre.

Il en fut bien étonné.

« La riposte est bonne, Clarisse, dit-il... Oui... mais voilà bien l'esprit de nos dévotes; voilà cette indulgence, ce pardon des offenses, ces sentiments chrétiens dont on nous fait étalage.

— Hé! mon Dieu, disait la tante, il est bien permis de rire un peu de ceux qui se moquent toujours des autres. Et puisque vous m'en faites la remarque, mon frère, vous avez raison : je m'en confesserai, etc...

— Tout sera bien, très bien, dit le grand-père de son accent mordant. Mais cela n'empêchera pas, ma sœur, qu'il s'agit d'une lettre anonyme, et que, si l'affaire transpirait, votre malice vous attirerait de vrais désagréments. Vous empruntez le nom et la signature d'un M. Poitevin, que vous ne connaissez pas, et...

— Il les avait bien empruntés, lui, M. Brusquet! s'écria la tante, et je n'ai fait que suivre son exemple...

— On ne doit jamais suivre le mauvais exemple...

— Mais c'est pour rire... pour plaisanter...

— Une lettre annoyme, la plus innocente de toutes, est toujours, pour le moins, une très mauvaise plaisanterie... et j'espère bien, ma sœur, que vous ne prolongerez pas celle-ci... que vous préviendrez M. Brusquet...

— Ah! Lebigre, à quoi pensez-vous!... »

Bref, la discussion continua entre le frère et la sœur jusqu'au souper, car le grand-père détestait les lettres anonymes, et puis il ne laissait jamais échapper l'occasion d'éplucher la conduite de la sainte confrérie, de ceux qui veulent servir de modèle aux autres, et il n'épargnait guère la pauvre tante, qui se défendait, comme disaient les anciens, *unguibus et rostro*.

Le même soir, vers huit heures, les deux bons vieux finissaient de souper dans l'arrière-boutique, bataillant encore sur ce chapitre, quand ils entendirent tinter la sonnette du magasin. En même temps, derrière la petite porte vitrée, apparaissait dans l'ombre une longue figure pâle. C'était M. Brusquet, mais sans son grand chapeau pointu, sans sa veste de rapin, en simple camisole grise...

Il s'était déguisé, pour n'être pas reconnu au clair de lune par le terrible Poitevin.

Le grand-père avait l'intention de prévenir le maître de dessin que tout cela n'était qu'une plaisanterie; mais, en apercevant cette longue figure pâle, la bouche ouverte et les yeux arrondis par la peur, il se dit : « Ce n'est pas un homme, c'est Pierrot qui sort de son sac à farine. » Et l'idée de rire un peu de celui qui s'était permis de le tourner en ridicule, lui vint tout naturellement.

Et comme M. Brusquet poussait timidement la porte, le grand-père, feignant de ne pas le reconnaître, ouvrait de grands yeux; puis il s'écria :

« Comment! c'est vous, monsieur Brusquet? Mon Dieu, que se passe-t-il donc?... Que vous êtes pâle! »

M. Brusquet toussa trois fois avant de répondre, puis, tirant la lettre de sa poche, il dit :

« Lisez, monsieur Lebigre... lisez-moi ça! »

Le grand-père lut tout haut, d'un accent consterné, s'interrompant à chaque mot pour s'écrier :

« Mais vous avez donc parlé de cela au café Lequêne? Vous qui nous recommandiez tant de nous taire... Quelle imprudence! quelle imprudence, ô mon Dieu!

— Que voulez-vous... que voulez-vous?... » faisait le pauvre garçon. Une farce! une plaisanterie... histoire de rire! Que voulez-vous?.. je ne pensais pas qu'on irait raconter ça à la caserne.

— Oh! la jeunesse... la jeunesse!... murmurait le grand-père en hochant la tête. Dans quelle position vous vous êtes mis, mon cher monsieur Brusquet! car, au ton de cette lettre, il est clair que M. Poitevin ne vous ménagera pas; il est bien résolu à vous embrocher d'outre en outre... Êtes-vous fort à l'épée, au moins?

— J'ai bien quelques petites notions de l'escrime... mais...

— Ne vous battez pas, monsieur Brusquet! s'écria la tante Clarisse en joignant les mains, ne vous battez pas! »

Et lui, se redressant tout indigné de la supposition qu'on osait faire qu'il avait l'intention de se battre :

« Moi, me battre! fit-il en haussant les épaules, allons donc!... contre un bretteur pareil... un homme qui vous a déjà mis sur le flanc une demi-douzaine de prévôts!... Me battre... ah! je n'y pense pas.

— Cependant, dit le grand-père, qui ne pouvait presque plus tenir son sérieux, cependant les torts sont de votre côté, et vous serez bien forcé d'aller sur le terrain, ou de recevoir ce qu'il dit là.

— Ah! ça m'est bien égal... j'appellerai, dit M. Brusquet; on ne laissera pas maltraiter un professeur du collège, un homme qui ne demande qu'à reconnaître ses torts... Oui! j'ai de grands torts, je l'avoue; je le reconnaîtrai tout haut... au café, devant autant de monde que l'on voudra.

— Sans doute... sans doute, dit le grand-père d'un accent attendri; c'est bien, monsieur Brusquet, c'est très bien ce que vous dites là; cela prouve un grand fonds d'humilité de votre part, je vous approuve... mais d'autres gens...

— Je me moque des gens, moi! s'écria M. Brusquet. Je suis un bon enfant... j'aime à rire de temps en temps, mais je n'ai pas de fiel... Je n'ai pas plus de fiel qu'un poulet, et l'opinion des autres m'est indifférente. Je me fais honneur de reconnaître mes torts.

— Oui, mais peut-être que cela ne suffira pas à ce M. Poitevin; il aimera peut-être mieux vous donner des soufflets... vous comprenez... il y a des caractères si bizarres.

— Moi, dit la tante Clarisse, à la place de M. Brusquet, j'accepterais tout, plutôt que de me battre.

— Oh! c'est aussi mon intention, dit le maître de dessin; j'ai toujours eu des convictions arrêtées sur le duel... c'est une horreur! »

Il y eut un instant de silence.

« Et votre camarade Petit-Didier, reprit le grand-père, qu'est-ce qu'il dit de tout cela?

— Il ne se doute encore de rien.

— Mais savez-vous, monsieur Brusquet, qu'en apprenant le mauvais tour que vous lui avez joué, il sera capable de vous en demander raison?

— Lui! il est dans les mêmes principes que moi; cette idée ne lui viendra jamais. Ah! s'il ne s'agissait que de lui, je serais bien tranquille. Mais comment faire maintenant? comment faire pour aller au café Lequêne... et respirer un peu l'air sur les glacis?... car on ne peut pas rester enfermé des semaines, il faut respirer.

— Hé! dit le grand-père, vous sortirez la nuit, après la retraite; vous savez bien qu'aussitôt la retraite sonnée, toutes les troupes sont enfermées dans leurs casernes, et vous pourrez encore, à partir de huit heures jusqu'à dix, jouir de quelques bons instants chez Tripolin, à la pension des officiers, faire rire ces jeunes gens par votre talent de ventriloque.

— Ah! dit-il, l'envie de rire m'est passée; entre nous, cette aventure abominable m'a coupé le sifflet; j'en ai bien assez, de bravos; je vais demander mon changement.

— Et votre ami Petit-Didier?

— Il est dans les mêmes intentions que moi; il m'en a déjà parlé hier soir, sans se douter de ma position; nous sommes d'accord... Oui, nous filons tous les deux.. Voici bientôt les vacances... Eh bien, quand il faudrait attendre six mois, un an, pour être remplacés... on attendra! Toutes ces villes de garnison sont assez agréables, mais on s'en lasse. Mon parti est pris.

— Comment! dit la tante Clarisse, vous voulez nous priver de vos talents? Vous serez bien regretté, monsieur Brusquet, après votre départ, on ne rira plus.

— Qu'est-ce que cela me fait? Si les vacances étaient seulement venues!... Mais rester encore enfermé six semaines, ne pas oser mettre les pieds dehors...

— Oh! c'est bien ennuyeux! dit la bonne vieille, bien dur pour des jeunes gens. Vous ferez bien de ne pas vous hasarder dehors, car ce M. Poitevin n'aurait qu'à survenir, et...

— Oui, je pars, interrompit M. Brusquet, qui devinait bien, à la mine sournoise de Mlle Clarisse, la joie secrète qu'elle éprouvait de le voir pris à la patte. Je m'en vais... c'est décidé! »

A chaque instant, il jetait les yeux sur le vitrage du magasin, vaguement éclairé par le réverbère de la rue; cette lumière l'inquiétait.

« Il ne vient guère de monde à cette heure? dit-il.

— Quelquefois.

— Ah! il est temps que je m'en aille. Vous me permettrez, monsieur Lebigre, de venir le soir causer une minute avec vous... pour me distraire. Vous n'êtes pas loin du collège, le danger des mauvaises rencontres est moins grand... vous comprenez?

— Oui! oui! venez... venez avec M. Petit-Didier; je vous invite même à prendre tous les soirs le café chez moi, après souper.

— Vous n'avez pas de rancune, monsieur Lebigre.

— De la rancune! et pourquoi?

— Ah! je croyais... à cause de mes petites plaisanteries chez Tripolin, vous auriez pu...

— Ha! ha! ha! mon cher monsieur Brusquet, soyez tranquille! Vous avez bien fait de rire; c'est l'histoire de la jeunesse. Non! non! je n'ai pas de rancune, croyez-le bien. »

Il reconduisit alors le pauvre garçon par le magasin, et l'accompagna jusque dans la rue sombre, regardant à droite et à gauche et murmurant d'un air inquiet :

« Personne... personne!... Vous pouvez sortir... Allons! courage et bonne chance! »

M Brusquet prit sa course jusqu'à la porte du collège, dont il arracha presque le cordon de sonnette, tant il avait hâte d'entrer.

« A-t-il peur! se disait le grand-père en le regardant de loin; quelle venette! »

Enfin, le père Éliot, ayant allumé sa lanterne pour voir à son guichet qui pouvait sonner de la sorte, ouvrit, et M. Brusquet, d'un bond, disparut dans le vestibule.

La tante Clarisse, derrière le grand-père, riait aux larmes.

Dix heures sonnaient alors à la mairie. On alla se coucher.

Les jours suivants, toute la petite ville de Sainte-Suzanne, ne voyant plus paraître nulle part M. Brusquet et son ami Petit-Didier, se demandait ce qu'ils étaient devenus. Bientôt on apprit par M. Brigolant, le principal, qu'ils sollicitaient leur changement, et l'on ne se rendait pas compte de ce qui les poussait à cette résolution, eux que l'on fêtait partout et qui devaient se considérer comme indispensables à toutes les parties de plaisir.

Dans l'intervalle, la tante Clarisse ne put s'empêcher de confier à trois ou quatre voisins le bon tour qu'elle venait de jouer au Cabrion du pays; la nouvelle s'en répandit aussitôt, et tous les caricaturés de la ville respirèrent.

« Ah! la bonne farce, se disaient-ils en s'abordant dans les promenades. Eh! eh! voilà nos braves d'aujourd'hui! Qu'ils y reviennent... qu'ils y reviennent .. on les attend! »

Les inséparables, renfermés au collège comme des lapins dans leur terrier, ne sortant que la nuit pour courir à la librairie, ne se doutaient encore de rien, quand un soir, quelque temps avant les vacances, MM. Brusquet et Petit-Didier, étant venus comme à l'ordinaire prendre le café chez le grand-père, lui dirent qu'ils avaient reçu la nouvelle de leur changement, et l'excellent homme, tout attendri, leur demanda :

« Combien de jours vous reste-t-il encore à passer au milieu de nous avant les vacances?

— Encore une quinzaine, lui répondit Petit-Didier.

— Eh bien, mes pauvres amis, leur dit-il, j'éprouverais un véritable remords de vous tenir plus longtemps enfermés dans vos chambres; il est temps de lever les arrêts; sortez sans crainte, reprenez vos habitudes, je vous y autorise.

— Mais, fit Brusquet, stupéfait, et le maître d'armes... le cantinier?... Vous n'y pensez pas, monsieur Lebigre!

— Allons... allons, rassurez-vous. »

Et, se tournant vers sa sœur :

« Clarisse, dit-il, allez prendre le brouillon de votre lettre, là... dans la troisième case du bureau... Vous l'avez?

— Oui, la voici.

— Bon! — Faut-il vous la lire, monsieur Brusquet? »

Il riait; et, comme le maître de dessin commençait à pressentir qu'il avait été mystifié :

« Tenez, lui dit-il, lisez vous-même; c'est Clarisse qui s'est un peu vengée. »

La figure de M. Brusquet s'allongeait en parcourant la missive.

« Alors, M. Poitevin ne sait pas?... balbutia-t-il.

— Il ne sait rien du tout; c'est Clarisse toute seule qui vous a porté cette botte... Avouez qu'elle est dans les règles.

— Ah! s'écria le bon garçon, j'aime encore mieux ça qu'une botte de l'autre. Mais, c'est égal, elle est raide tout de même!.. C'est un peu fort. »

Petit-Didier, ne comprenant rien encore à la chose, regardait, écoutait, lorsque le grand-père, en quatre mots, le mit au fait de la mauvaise plaisanterie dont il avait été victime.

A cette nouvelle, il voulut se fâcher; mais M. Brusquet, se redressant comme un coq de combat, s'écria que c'était une farce, et qu'il était son homme, s'il la trouvait mauvaise.

Petit-Didier, à sa mine belliqueuse, s'apaisa tout de suite, et même il en prit galement son parti.

« Ne parlons plus de cela, fit-il : vous m'avez joué; Mlle Clarisse m'a vengé... c'est un chassé-croisé des plus réjouissants. L'essentiel, dans toute cette affaire, c'est que nous pouvons sortir... Vous nous l'affirmez, monsieur Lebigre? Ce n'est plus une farce, cette fois? Elle serait détestable.

— Non! non... ne craignez rien... Allez au café... allez où vous voudrez... M. Poitevin ne s'est jamais inquiété de vous... je vous en donne ma parole d'honneur.

— Allons, dit Petit-Didier, se rappelant un mot de Shakespeare, embrassons-nous. « Tout est bien qui finit bien. »

Et l'on s'embrassa!

Le grand-père et la tante Clarisse elle-même reçurent l'accolade fraternelle. Puis les deux braves sortirent tout joyeux.

Le lendemain, ils essayèrent de se remettre en pied à la pension des officiers, mais ils s'aperçurent qu'on ne riait plus des autres et qu'on riait d'eux; c'est pourquoi les vacances leur parurent assez lentes à venir.

Ils allèrent enfin promener leurs talents ailleurs, à la grande satisfaction des braves gens de Sainte-Suzanne, et tout rentra dans l'ordre habituel.

IV

Cette année-là, je fus reçu bachelier ès lettres, et je m'installai chez le grand-père pendant les vacances, en attendant d'aller faire mon droit à Paris.

J'avais ma chambre au-dessus de la librairie; mes fenêtres donnaient sur la petite place des Acacias, et les moineaux m'éveillaient de bon matin, en se poursuivant de branche en branche.

Je lisais, je rêvais, je me traçais un plan pour mes études.

Le grand-père ouvrait son magasin à six heures du matin; on déjeunait à onze, on dînait à sept, et puis, le soir, on causait, on lisait les journaux et l'on faisait des réflexions sur les événements du jour.

A cette époque, les révérends pères jésuites réclamaient la liberté de l'enseignement, au nom de la charte, et le grand-père, voltairien dans l'âme, s'écriait :

« Voilà les hommes noirs qui se remettent en campagne; ils ont déjà perdu Charles X, avec leur loi du sacrilège, leur droit d'aînesse, leurs missions à l'intérieur, etc.; mais il leur est resté quelque chose. Dupin a beau dire : « Ils ont pris, on leur a repris; ils prennent, « on leur reprendra. » Pour leur reprendre en gros ce qu'ils obtiennent en détail, il faut toujours une révolution.

« Les hommes qui les combattent passent... leur ordre reste.

« Depuis 1830, on les croyait morts, et les voilà qui se relèvent avec audace, en réclamant des libertés chez nous! Eux, les plus grands ennemis de toute liberté, ils en veulent maintenant, pour tout miner et renverser. Des libertés au nom de la charte, encore! A-t-on jamais rien vu de pareil? Mais la charte est faite pour les Français, et ces gens-là sont Italiens, ultramontains... Ils veulent nous absorber, nous exploiter au profit d'une puissance étrangère.

« Que diraient les Anglais, les Allemands, les Russes, si nous allions, nous, Français, réclamer, au nom de leurs propres lois, la liberté de fonder chez eux des écoles, des collèges, des universités, pour enseigner à leurs enfants que le chef de leur nation est le roi de France? Ils nous riraient au nez, ils nous mettraient brusquement à la porte, et ils auraient mille fois raison.

« Est-ce que la charte a été faite pour les jésuites? Est-ce qu'elle n'a pas été faite malgré eux et contre eux? Est-ce qu'il n'a pas fallu renverser leur roi et leur pouvoir pour l'établir? Et c'est la charte qu'ils osent invoquer!

« Pourquoi le Saint-Père ne nous permet-il pas d'enseigner la charte à Rome? Nous croit-il plus bêtes que lui? Chacun n'est-il pas maître chez soi?...

« Ah! race abominable!... Quel malheur pour la France de la voir fixée avec acharnement sur elle... Ne dirait-on pas que nous sommes leur proie? Oui, ces gens-là s'attachent à nos jambes comme des noyés, en criant: — Il faut que tu me sauves, ou que tu périsses avec moi! »

Ainsi s'indignait le grand-père.

« Si Louis-Philippe consentait à cela, disait-il, ce serait un homme perdu; comme si je donnais, moi, la liberté aux rats de venir ronger mes livres et de se nicher dans mes armoires; ils m'auraient bientôt fait déguerpir!

— Mais, lui disais-je, crois-tu donc, grand-père, que cette compagnie de Jésus soit aussi dangereuse qu'on le prétend?

— Si je le crois! s'écriait-il, c'est la plus dangereuse société secrète qui soit au monde; c'est une association bien moins religieuse que politique, organisée sur le même plan que celle des anciens Templiers.

« Les Templiers voulaient établir en France leur théocratie militaire; les jésuites veulent y fonder leur théocratie politique. On leur reproche avec justice la même ambition et les mêmes crimes.

« Les Templiers, par leur orgueil, par leurs richesses accumulées à la suite de donations exorbitantes, par leurs possessions territoriales, leurs grands prieurés, leurs commanderies, par la corruption de leurs mœurs et de leur morale, ont troublé profondément les douzième, treizième et quatorzième siècles.

« Il a fallu toute l'énergie de Philippe le Bel pour les détruire; en les faisant arrêter d'un seul coup, il a sauvé la civilisation et le christianisme.

« Eh bien, ceux-ci les remplacent, avec plus de ruse et toute l'expérience acquise des autres.

« Ignace de Loyola ne pouvait ignorer leurs statuts; il a pris chez eux ses fameux exercices et leur discipline, dont le caractère est éminemment militaire.

« Une société de célibataires, où l'on n'admet pas d'imbéciles, ni de brouillons capables de troubler l'ordre, dont tous les membres s'observent, depuis le général jusqu'au soldat, où l'on n'agit que sur avis exprès délibéré dans le secret, où l'on n'entre au dernier rang qu'après de longues épreuves; une corporation fermée à l'Etat, formant corps étranger dans l'État, ayant ses institutions, sa police et ses desseins à elle et vivant aux dépens du pays, une telle société est redoutable.

« Elle nous a valu déjà toutes nos guerres religieuses, sous l'ancien régime, la guerre de Vendée au moment le plus dangereux de la Révolution, et Dieu sait ce qu'elle peut nous valoir encore!

« Qu'importe pour eux que la France périsse, pourvu que le jésuitisme triomphe!

« Le but des jésuites est aujourd'hui d'envahir l'instruction publique, de s'en emparer. Au bout d'une ou deux générations élevées sous leur direction, ils seraient maîtres des esprits; ils gouverneraient la matière, c'est-à-dire tout ce qui se touche, faisait-il en palpant une pièce de monnaie, tout ce qui sonne et s'entend, tout ce qui se goûte et se flaire.

« Tu comprends, Lucien, par l'esprit on tient tout.

« Aussi les révérends pères défendent le spiritualisme avec passion; ils voudraient le défendre seuls, ils sont jaloux de leur mission; leur ennemi mortel, c'est l'Université, car l'Université n'admet pas que les jésuites soient plus spiritualistes qu'elle; l'Université proclame le spiritualisme comme eux, elle le soutient par la raison, par la science, par l'enseignement philosophique; et les révérends pères, n'ayant rien à lui reprocher sous ce rapport, crient que la raison, la science, la philosophie ne signifient rien, qu'il faut la foi, que la foi vient d'en haut, qu'elle se fonde sur la révélation et que la révélation leur appartient en toute propriété; que le successeur de saint Pierre les a commis à sa garde.

« Ils attaquent tous les jours les premiers hommes de l'Université : Cousin, Jouffroy, Damiron; ils les accusent de panthéisme, d'athéisme, de matérialisme, contre toute vraisemblance et sans en donner la preuve.

« Les universitaires ont beau s'en défendre, les révérends pères leur crient :

« — Vous êtes des matérialistes... des panthéistes!

« Ah! si les jésuites parvenaient à établir qu'eux seuls enseignent Dieu et l'âme immortelle, leurs affaires seraient en bonne voie de prospérité. Comme aucun gouvernement ne peut nourrir un peuple entier; comme il arrive des guerres, des pestes, des famines, et que d'ailleurs les misères individuelles sont innombrables, qu'on ne peut toujours ni les éviter ni les soulager, la seule consolation des malheureux, c'est l'espérance d'un avenir meilleur, même au delà de la tombe; et si les révérends pères seuls avaient ce quelque chose à promettre qu'on appelle « la vie éternelle », alors, tôt ou tard, par l'extension du paupérisme, les trois quarts du genre humain entreraient dans leur manche.

« Voilà le fond de l'histoire.

« Et le plus triste de tout cela, c'est que la politique de ces braves gens, aujourd'hui généralement connue, leur avidité, leur ambition sans limites, leur peu de scrupules, leur matérialisme évident, sont cause que les masses ne croient plus à rien.

« On juge des choses par ceux qui les prêchent; l'exemple passe avant les meilleurs préceptes, et les derniers paysans se répètent entre eux : « Faites ce que je dis, ne faites « pas ce que je fais! » en clignant de l'œil et se trouvant aussi malins que les missionnaires.

— Pourtant, grand-père, lui disais-je, la liberté est une belle chose, et quand les jésuites réclament la liberté d'enseigner, il me semble que c'est leur droit; ces gens-là ne sont pas tous Italiens; Lamennais, Lacordaire, demandent aussi la liberté de l'enseignement; est-ce que tu les prends pour des jésuites?

— Lamennais, disait-il en souriant, Lamennais, en 1825, dans sa *Tradition de l'Église sur l'Institution des Evêques*, attaquait les principes gallicans avec fureur et niait toute autorité de la nation, et même du roi, dans les affaires ecclésiastiques. Dans son *Essai sur l'indifférence en matière de religion*, il niait l'autorité de la raison individuelle et n'admettait que celle de l'Église. Les plus violents articles du *Drapeau blanc* et de la *Quotidienne contre la libre discussion* étaient de lui; il demandait la répression à outrance. Son livre : *La religion considérée* dans *l'ordre politique*, déchirait la déclaration du clergé gallican de 1682.

Tenez, lui dit-il, lisez vous-même. (Page 13)

« Lamennais était alors l'un des plus ardents adversaires de toute liberté.

« Et puis voilà que 1830 arrive, le peuple a le dessus et, du jour au lendemain, Lamennais est converti à la liberté; il fonde l'*Avenir* avec Montalembert et Lacordaire; les braves gens prennent pour devise : *Dieu et la liberté, le pape et le peuple!* ils veulent révolutionner les masses, les soulever contre la société et présenter ensuite la religion catholique, apostolique et romaine comme le seul moyen de rétablir l'ordre et de sortir du chaos; dans leur enthousiasme, ils vont jusqu'à réclamer la séparation immédiate du spirituel et du temporel.

« Mais alors, halte!... Grégoire XVI, qui tenait au temporel, les condamne avec éclat, eux et leurs théories; par sa fameuse lettre encyclique de septembre 1832, il déclare toutes leurs idées de régénération de l'Eglise absurdes, la liberté de conscience une folie, la liberté de la presse une abomination, la soumission aux princes un article de foi.

« Les trois camarades courent à Rome pour faire revenir le Saint-Père sur sa décision; mais Grégoire XVI reste inébranlable, il tient au temporel *mordicus*.

« Montalembert et Lacordaire se courbent, reconnaissent leurs torts et se frappent la poitrine.

« Mais Lamennais, lui, furieux de voir son grand projet incompris par celui-là même qui devait en profiter, attaque l'Eglise et la monarchie; il écrit l'*Esclavage moderne*, les

Le moine aussi tressaillit en l'apercevant (Page 18)

Paroles d'un Croyant, le *Pays et le Gouvernement*.

« Il est traduit en police correctionnelle et condamné; il écrit : *Une voix de la prison*.

— Eh bien! grand-père, il avait raison; on a toujours raison de protester contre l'injustice.

— Sans doute, Lucien, c'est toujours très beau de se redresser sous le joug qui nous accable. Je l'estime bien plus que ses collaborateurs Montalembert et Lacordaire, heurtant de leurs fronts le parvis de Saint-Pierre de Rome; il a montré du caractère, mais si Charles X n'était pas tombé, Lamennais aurait poursuivi sa guerre contre la liberté, la raison et le bon sens, comme il l'avait si bien commencée; il aurait continué d'exalter le pouvoir despotique soumis seulement à l'autorité du Saint-Siège; le pape l'aurait béni, peut-être serait-il devenu cardinal : il l'aurait bien mérité.

« La victoire du peuple seule l'a fait changer d'opinion, le fait matériel et non le sentiment du droit. Si les Suisses avaient triomphé, Montalembert, Lacordaire et Lamennais auraient triomphé avec eux.

« Au point de vue catholique, Lamennais, après la défaite de son parti, a tout bonnement passé à l'ennemi, avec armes et bagages, tandis que les deux autres sont rentrés dans les rangs, en se soumettant à la discipline; Lamennais est pour eux un traître.

« Du reste, il en sera toujours ainsi; les jésuites, volontaires ou autres, combattent soi-disant pour le triomphe du Saint-Siège. Quand ils réussissent, c'est très bien, on les approuve, ils ont de l'avancement ; quand ils échouent, on les renie, on les condamne, absolument comme faisait Bonaparte : il empochait les succès et laissait les défaites au compte de ses généraux, en menaçant encore de les faire fusiller.

« C'est la théorie du succès, c'est du matérialisme : la réussite fait tout en politique.

« Pour moi, Lucien, je ne reconnais, comme dignes de respect, que nos simples curés, nos bons prêtres réguliers, qui remplissent leurs devoirs sans bruit, sans ostentation, ne se mêlant pas de politique... Ceux-là sont les vrais disciples du Christ qui disait « *Mon* « *royaume n'est pas de ce monde* » ; les autres, en masse, aspirant aux jouissances du pouvoir, aux honneurs, à la fortune, « pour la plus grande gloire de Dieu ! » je les considère tout bonnement comme des jésuites ; s'ils ne sont pas de la Compagnie, ils méritent d'en être. D'après cette façon de voir, je suis sûr de ne pas me tromper. »

Le grand-père, ayant manié depuis quarante ans tous les livres qui passaient par son magasin, en citait les titres et la date avec une sûreté de mémoire qui m'émerveillait.

V

Or, pendant ces vacances, il arriva quelque chose d'extraordinaire.

Depuis quelques jours on faisait des quêtes à Sainte-Suzanne, pour la propagation de la foi chez les infidèles.

Un moine du Mont-Carmel était arrivé tout exprès de la Terre-Sainte. Il demeurait au presbytère, et tantôt M. le curé Blanchard, tantôt l'un de ses vicaires, l'accompagnait chez les personnes pieuses.

Nous ne pensions pas le voir arriver chez nous, lorsqu'un matin, le grand-père et la tante étant à servir au magasin, il parut sur le seuil avec M. le curé.

J'étais debout contre la petite porte de l'arrière-boutique, regardant ce qui se passait au dehors, lorsque ce personnage, en robe de bure blanche, le front chauve, la barbe grise descendant jusqu'à la ceinture et le nez en bec d'aigle, monta les trois marches de la librairie, suivi de M. Blanchard.

Il me parut très vieux, et je le regardais avec respect, pensant qu'il venait de si loin pour remplir sa mission pieuse . aussi, quel ne fut pas mon étonnement de voir le grand-père se dresser brusquement derrière son comptoir et fixer sur lui ses yeux noirs, d'un air de stupéfaction profonde !

Le moine aussi tressaillit en l'apercevant, une sorte de pâleur se répandit sur ses joues.

M. Blanchard, plus loin, causant avec la tante Clarisse, ne voyait rien, il souriait ; moi seul j'observais cette scène étrange.

Tout à coup, le vieux moine et le grand-père, sans s'être dit un mot, allongeant le pas, entrèrent précipitamment, comme des jeunes gens, dans l'arrière-boutique.

J'avais grimpé à l'échelle de la bibliothèque ; ils ne me virent pas d'abord, et le grand-père, d'une voix sèche, dit à l'autre :

« C'est vous... vous, monsieur Cazenave, que je vois ici ? Vous osez entrer chez moi ! Vous avez donc oublié ce qui s'est passé entre nous ?

— Hé ! fit le vieux moine en nasillant d'un accent étranger, je vous croyais mort.

— Moi, je vous croyais au diable ! répliqua le grand-père.

— C'est tout comme, dit l'autre d'un ton d'indifférence.

— Mais que me voulez-vous ?

— Rien... C'est le hasard et le curé qui m'ont conduit chez vous... Mettons que je ne sois pas entré.

— Soit, » fit le grand-père, en m'apercevant sur l'échelle, au fond de la bibliothèque.

Et, comme M. Blanchard entrait, la conversation cessa.

« Hé ! père Jean-Baptiste, disait le bon curé en souriant, notre éloquence et nos peines seront perdues ici, je vous en préviens ; nous avons affaire à un voltairien incorrigible et qui se soucie peu de convertir les infidèles. »

Alors le grand-père, reprenant son air de bonhomie, lui répondit :

« Monsieur Blanchard, vous avez tort : puisqu'il s'agit de convertir les infidèles, convertissez-moi... je ne demande pas mieux.

— Ah ! dit le curé, il s'agit des infidèles de l'Asie.

— C'est différent, dit le grand-père ; mais, lorqu'il s'agira des infidèles de l'Europe, venez me trouver ! »

Comme ils étaient seuls, M. le curé se mit à rire ; — il ne me voyait pas au haut de mon échelle, en train de ranger des livres près du plafond, — puis ils sortirent.

Le moine disait :

« Nous repasserons, monsieur le curé...

nous repasserons... M. le libraire est occupé... nous repasserons! »

La porte se referma, et, descendant tout ébahi, je me demandai comment le grand-père, établi depuis tant d'années à Sainte-Suzanne, avait pu connaître ce moine du Mont-Carmel; il devait s'être passé bien des années depuis leur dernière rencontre, puisque tous deux se croyaient morts.

Et puis ce ton de familiarité m'étonnait aussi.

Tout le jour se passa sans que le grand-père me dît rien du moine; il semblait préoccupé et ne faisait pas de réflexions, comme d'habitude, sur le monde qui défilait au magasin.

Mais le soir, après souper, la tante Clarisse ayant levé la nappe et s'étant retirée vers neuf heures, il déposa son journal et me dit :

« Le hasard t'a rendu témoin de mon indignation à la vue du moine qui s'est présenté ce matin à la maison : c'est le plus grand scélérat que j'aie rencontré dans ma vie. »

Après ce début, qui m'avait rendu fort attentif, le grand-père, au bout d'un instant de rêverie, comme pour réveiller ses souvenirs, poursuivit :

« C'est ici, dans cette chambre, en 1804, il y a quarante ans, que s'est passée la scène que je vais te raconter.

« La bibliothèque n'existait pas encore, elle s'est formée plus tard.

« J'avais établi ici mon atelier de relieur ; là, dans ce coin, près de la cheminée, se trouvait le petit fourneau où je cuisais ma colle-forte et mon pot-au-feu.

« J'étais seul; ta grand'mère, alors en couches de notre second enfant, se trouvait à Ribeauviller, chez ses parents.

« L'ouvrage ne me manquait pas; le nouveau Code étant promulgué depuis quelques mois, la municipalité me donnait à relier les anciens actes de l'état civil, écrits en partie sur des feuilles volantes; il fallait d'abord les collationner avec soin, selon leurs dates.

« En outre, le collège venait de se fonder; on espérait obtenir un prytanée à Sainte-Suzanne; je vendais des dictionnaires, des rudiments, des munitions de bureau aux élèves. Tout allait bien.

« Au-dessus du magasin demeurait M. Baruch Lévy, qui m'avait vendu la maison, en se réservant pour cinq ans l'habitation du premier. Je venais d'effectuer le payement du second terme, et, les autres étant échelonnés d'année en année, j'étais sûr d'y faire face à mesure des échéances.

« Dans ce temps, M. Lèthe, curé constitutionnel rétabli dans son presbytère depuis le concordat, vint me présenter un de ses confrères, homme de trente-cinq ans environ, grand, sec, à la physionomie énergique; Italien, d'après son accent, mais s'exprimant avec facilité dans notre langue.

« Il me le présenta comme un client auquel je pouvais faire crédit.

« C'est ainsi que je connus M. Cazenave.

« Il venait souvent me voir; je lui racontais ma campagne sous Lecourbe, dans la Valteline, et je ne lui cachais pas que l'éloignement des généraux du Rhin depuis le 18 brumaire m'indignait.

« Lui se promenait de long en large dans cette chambre, en me regardant travailler, et déblatérait contre le Premier Consul, qu'il trouvait un fort tiède républicain, quoique ancien jacobin, ami de Robespierre jeune; en quoi, certes, il n'avait pas tort.

« Mais M. Cazenave regrettait Caïus Gracchus Babeuf et son ami Buonarotti, disant que la nature nous a donné les mêmes droits à tous les biens de la terre, et qu'il fallait rétablir ces droits à tout prix ; que le peuple français devait être déclaré propriétaire unique du territoire national, le travail de chacun réglé par la loi comme fonction publique et sur le pied d'une égalité complète, sans aucune exception; que le pouvoir national devait être exercé par des magistrats chargés de veiller à l'emmagasinement et à la répartition des produits, au mouvement du commerce, de l'industrie, de l'agriculture, sans se soucier aucunement du progrès des sciences et des arts, qui ne sont propres, disait-il, qu'à corrompre les mœurs.

« Et, pour arriver à cela, M Cazenave soutenait qu'il fallait exterminer tous ceux qui voudraient s'y opposer.

« Il me faisait frémir, et pourtant je m'écriais en moi-même : « Quel homme ! Ah! tu « ne seras jamais à la hauteur du citoyen « Cazenave! »

« Je n'osais le contredire, admirant malgré moi ses idées et pensant :

« C'est trop beau ! les gens sont trop égoïstes pour tout mettre en commun; un grand nombre défendraient leurs biens avec acharnement; il faudrait massacrer trop de monde pour arriver à cet état de perfection. Et puis ce serait toujours à recommencer; une quantité d'individus ne voudraient rien faire, d'autres travailleraient, accapareraient tout; on redemanderait de nouveaux partages.

« Quel dommage! si tout le monde était comme M. Cazenave, nous aurions le paradis sur la terre. »

« C'est ainsi que cet homme m'avait endoctriné. Son compte grossissait tous les jours; je ne sais ce qu'il pouvait écrire pour consommer tant de plumes, d'encre et de papier; au bout de cinq mois il m'en devait pour 200 francs.

« Je lui aurais donné la moitié de mes marchandises, tant il m'avait convaincu de son génie et charmé par son éloquence.

« Les choses en étaient là, lorsque, le 4 mai, Bonaparte fut nommé empereur héréditaire, sur la motion du Tribunat, adoptée par le Sénat conservateur, « *afin d'assurer « au peuple français sa dignité, son indépen- « dance et son territoire, et d'empêcher le « retour du despotisme, de la noblesse, de la « féodalité, de la servitude et de l'ignorance, « seuls présents que puissent faire au peuple « les Bourbons, s'ils revenaient jamais.* »

« Ce sont les propres termes du sénatus-consulte.

« Puis le pape vint sacrer le nouvel empereur à Notre-Dame, et M. Cazenave, changeant tout à coup d'opinion sur l'ami de Robespierre jeune, qu'il ne trouvait pas assez républicain quelque temps avant, l'appelait un second David, un Josaphat, un Mathathias, l'œil de Jéhovah, le bras droit de l'Éternel... J'en étais étonné.

« Mais, peu de temps après, le pape Pie VII, qui s'était flatté de recouvrer les domaines de l'Église en donnant, *au nom du Seigneur*, la couronne des Bourbons à Bonaparte, ayant été renvoyé les mains vides, aux éclats de rire des patriotes, M. Cazenave devint tout sombre; il s'asseyait derrière mon fourneau, les bras croisés, les lèvres serrées, et ne disait plus rien.

« La société de M. Lèthe, ancien curé constitutionnel, l'ennuyait, mais il n'était pourtant pas fâché d'aller s'asseoir à sa table matin et soir. Ces choses me sont revenues plus tard; alors je n'y faisais pas attention, pensant que M. Cazenave, homme du Midi, se trouvait malade pendant ce rude hiver de 1804 à 1805; il était devenu sec comme un clou.

« Vers le printemps, Napoléon s'étant aussi fait couronner roi d'Italie, un soir, en lisant au journal le beau compliment que les autorités de Milan avaient fait au héros: « Hier, vous aviez trente ans... aujourd'hui vous avez Milan » (mille ans), il se mit à pousser de tels éclats de rire, que je crus qu'il devenait fou.

« Le lendemain il disparut pendant environ un mois.

« Je pensais ne plus le revoir et j'étais sur le point d'aller m'informer chez M. Lèthe de ce qu'il était devenu, lorsqu'un matin M. Cazenave s'élance au magasin, en criant :

« — L'empereur arrive dans une heure; j'ai quelque chose à lui demander; voulez-vous m'écrire la pétition que je vais vous dicter ?»

« Il pouvait être alors huit heures; la ville était encombrée de monde, les canonniers à leurs pièces sur les remparts n'attendaient plus que le signal pour saluer le grand homme, et les sonneurs de la cathédrale, les cordes entre les mains, n'attendaient que le premier coup de canon pour mettre toutes les cloches en branle.

« — Vite... asseyez-vous, me dit M. Cazenave, nous n'avons pas une minute à perdre.»

« Moi, content de voir qu'il ne s'était pas échappé et que ma créance n'était pas perdue, je m'assis devant une belle feuille de papier pour écrire.

« Mais, à la première ligne, je me retournai, pour voir s'il était bien dans son bon sens.

« Je me souviens textuellement de cette pétition; elle commençait à la manière de Caius Gracchus Babeuf, et je ne comprends pas encore aujourd'hui comment, malgré ma jeunesse, l'idée ne me vint pas de jeter là ma plume, et de lui dire d'écrire lui-même.

« Enfin, voici ce qu'il me dicta :

« Sire, Alexandre, Annibal, César, n'étaient que des Jean..... auprès de Votre Majesté.

« Vous avez écrasé les barbares comme le Macédonien, abaissé les Alpes comme le Carthaginois, souffleté l'orgueil des aristocrates comme le neveu de Marius; vous êtes trois fois grand, trois fois sacré par l'admiration des peuples.

« Mais, soit dit entre nous, votre Code Napoléon n'est qu'une véritable ripopée.

« Napoléon Bonaparte doit avoir, en fait de législation, d'autres idées que Gondebaud le Burgonde ! »

« Cela continuait dans le même style d'un bout à l'autre.

« A chaque instant je me disais : Il perd la tête, ça n'a pas le sens commun.

« Il le voyait à ma mine et me répétait :

« — Ne faites pas attention, nous allons tout revoir... c'est le projet... le brouillon... allez... allez !...»

« Et tout d'un coup un grand cri s'élève dehors : — Vive l'Empereur !

« Le canon tonne.

« Lui me prend la plume de la main et signe, après avoir fait trois ou quatre grosses ratures.

« —Attendez donc, lui disais-je en le voyant prendre le papier pour sortir... Vous voyez bien que ce n'est pas présentable... il faut recopier cela.

« Mais, sans m'écouter, il traverse le magasin en courant et se précipite dans la rue au milieu de la foule immense. Les cloches sonnaient, le canon tonnait.

« De ma porte, je voyais sa grande manche s'élever d'instant en instant au-dessus de la multitude, la pétition à la main.

« Enfin, il arrive à la voiture de l'empereur, au tournant de la grand'rue; quelqu'un se penche sur le siège, enlève la pétition. Les cris redoublent, les voitures défilent au trot, entre la haie des soldats... et je rentre, me disant en moi-même : « Décidément ce Cazenave est fou... J'aurais dû m'en apercevoir depuis longtemps! »

« Le bruit s'éloignait, la foule suivait les équipages sur la route de Jovencourt; le canon et les cloches continuaient de tonner et de bourdonner en ville.

« Au bout d'une heure, le calme s'était rétabli et j'avais repris mon travail, lorsque le brigadier de gendarmerie et le juge de paix, M. Duhamel, entrèrent tout à coup dans ma boutique.

« Le brigadier, me montrant la pétition de Cazenave, me demanda :

« — Vous avez écrit cela ?

« — Oui, lui répondis-je bien étonné; c'est M. Cazenave qui me l'a dicté.

« — Entrons, » dit le juge de paix, car plusieurs personnes les avaient suivis au magasin.

« Nous entrons donc ici, et le juge de paix me demande d'où je connais le nommé Cazenave.

« — C'est M. le curé qui me l'a présenté, lui dis-je; il me l'a recommandé comme un client auquel je pouvais avoir confiance. »

« En même temps, j'ouvris mon grand livre et je leur montrai la note de 200 francs du citoyen.

« — Vous n'avez pas connu cet homme autrefois? me dit M. Duhamel en me regardant dans le blanc des yeux. Vous n'avez jamais passé par Fribourg, pendant votre campagne de Suisse, car vous avez fait la campagne de l'an VII?

« — Oui, monsieur le juge de paix, mais je n'ai jamais passé par Fribourg. Je n'ai connu M. Cazenave qu'ici; M. Lèthe lui-même pourra vous le dire.

« — Nous venons de chez lui, s'écria le brigadier, et vous avez de la chance qu'il soit d'accord avec vous : il y a loin de Sainte-Suzanne à Madagascar, mais on y va tout de même: vous ne seriez pas le premier.

« — Monsieur Lebigre, me dit alors sévèrement le juge de paix, vous êtes encore bien jeune! Songez que, pour avoir écrit cette pétition, vous avez risqué votre tête!

« — Ma tête!

« — Oui, votre tête!

« — Mais, monsieur le juge de paix...

« — Taisez-vous, fit-il; vous n'avez pas la parole... Ce Cazenave est un jésuite italien, qui poursuit Sa Majesté depuis longtemps; il a déjà tenté plusieurs fois de l'assassiner; il vient encore d'échapper à la vengeance des lois. Si vous n'aviez pas la réputation d'un jeune homme paisible, notre devoir serait de vous arrêter; mais c'est la jeunesse et l'ignorance qui vous ont fait écrire cette pétition. Quel bonheur que la voiture de Sa Majesté ait été lancée au trot! Le misérable aurait profité de l'étonnement et de l'indignation du grand homme à la vue de ces ratures et de ces insolences, pour le frapper. Enfin, M. le curé s'est aussi laissé tromper par le bandit, et les rapports sur votre compte sont bons.

« — Oui, dit le brigadier, l'ordre porte seulement de vous interroger; mais, si vous aviez répondu que ce n'était pas vous, je vous aurais empoigné tout de suite. »

« Ils sortirent là-dessus, me laissant stupéfait de ce qui venait d'arriver, et durant quelques jours je restai dans l'inquiétude. Heureusement, l'affaire n'eut pas d'autres suites.

« Tu dois comprendre maintenant ma surprise, en voyant Cazenave reparaître sous l'habit d'un moine du Mont-Carmel.

« Voilà les jésuites!

« Quand un de leurs hommes a manqué son coup, il disparaît, il n'en est plus question; la sainte confrérie a d'excellentes retraites pour tous ses membres; elle a des postes à donner aux sujets méritants, des missions sur toutes les côtes du monde. Elle est fort riche, malgré le vœu de pauvreté; enfin c'est l'association la plus puissante, la plus dangereuse que l'on connaisse. Elle ne recule devant aucun moyen pour étendre sa domination. Bonaparte, cet homme terrible, craignait les jésuites; il savait que des assassins le suivaient pas à pas, et que sa police, si bien organisée, n'avait jamais pu mettre la main sur aucun d'eux. Cela lui donnait à réfléchir, et toutes les concessions qu'il fit à l'Église sont venues en grande partie du sentiment intime de son impuissance à vaincre un danger sans cesse renaissant. Il crut devoir faire la part du feu et fit cette part aux dépens de la France.

« Combien de fois le souvenir de ce Cazenave m'est revenu! Je me disais qu'il avait été supprimé, comme tant d'autres hommes énergiques, dont la crainte poursuivait le despote; mais les jésuites ont sauvé leur homme! Il est vieux, il est rassasié de jours, comme dit la Bible, il se porte à merveille. Les idées de Caius Gracchus Babeuf n'étant plus de mode, c'est maintenant avec les Chinois et les Japonais qu'il exploite la bêtise humaine!

« Quant à toi, Lucien, profite de cet exemple pour être toujours sur tes gardes, ne donne jamais dans les opinions exagérées; la vérité, la justice et le bon sens s'accordent toujours avec la modération. N'écoute jamais les hommes exclusifs dans leur manière de voir: ce sont des utopistes, ou des misérables payés par les jésuites, pour compromettre et perdre les causes les plus justes, en les poussant à l'absurde et à la violence, afin d'en dégoûter les honnêtes gens.

« Souviens-toi de ce Cazenave, venant me prêcher l'égalité absolue et finissant par reparaître devant moi sous la robe d'un moine. Les jésuites se serviront encore plus d'une fois des idées de Babeuf, pour exciter la masse ignorante du peuple contre la bourgeoisie: « Diviser pour régner! » Tu es jeune, tu verras cela! »

Ainsi me parla le grand-père; et peu de temps après cette conversation, la fin des vacances étant arrivée, nous nous embrassions avec attendrissement, et je partais pour aller faire mon droit à Paris.

VI

Il faisait chaud en ce mois d'octobre 1844. Je me trouvais à l'impériale de la diligence, avec un bon gros curé, bien paisible, les joues luisantes, la calotte sur la tonsure, la soutane toute blanche de poussière, et qui venait de s'assoupir dans son coin, contre la bâche, le bréviaire sur les genoux; et puis le conducteur, un de ces vieux conducteurs des messageries Laffitte et Caillard, rond, jovial, mais despotique sur sa voiture, comme un capitaine de vaisseau sur son bord.

Nous roulions dans un flot de poussière: ceux de l'intérieur et de la rotonde devaient étouffer; nous autres, nous avions un peu d'air; les arbres, les haies poudreuses défilaient.

Le conducteur et moi nous eûmes bientôt fait connaissance.

« Jeune homme, vous allez à Paris?

— Oui, conducteur, je vais finir mes études là-bas.

— Je m'en doutais... on va faire son droit, sa médecine. — Il riait. — On va s'en donner de la Chaumière, du Prado, du Château-Rouge... hé! hé! hé! quelle existence, Dieu de Dieu... quelle existence... à vingt ans! »

Et voyant arriver une descente, il se baissait pour tourner sa manivelle, en poursuivant:

« Vous êtes frais comme une marguerite des champs; mais l'année prochaine, quand je vous ramènerai, vous connaîtrez la vie, vous aurez tâté du quartier Latin. Ah! j'en ai vu plus d'un comme vous, des innocents, des ingénus. — Il clignait de l'œil. — Et au bout d'une ou deux tournées, ils étaient culottés comme ces vieux bouts de pipe, qu'on a de la peine à rallumer. — Il tirait à sa pipe, en appuyant dessus l'amadou avec le briquet. — Oui.,. de la peine... bien de la peine à rallumer!... »

Il pompait.

« Enfin, ça y est tout de même, faisait-il, ça tire. »

Ainsi se parlait le conducteur, lançant une bouffée, sans plus songer à moi.

Puis, s'adressant au cocher:

« Hé! Casimir... je crois qu'on s'endort. »

Casimir donnait un coup de fouet, les gros chevaux se remettaient à trotter.

J'étais tout rêveur, songeant au pays qui s'en allait, au clocher de Sainte-Suzanne qui s'effaçait, au bon grand-père en train de coller des étiquettes, et qui m'avait embrassé les larmes aux yeux; puis à Nancy, Bar-le-Duc, Épernay, où l'on faisait halte pour dîner; et tout au bout de la route blanche, à Paris,., la grande ville.

Ces idées se promenaient dans ma tête, tantôt mélancoliques, tantôt souriantes, avec mille autres semblables.

« Vous avez retenu votre logement au quartier Latin, reprenait le conducteur: rue de la Harpe... rue des Grès? »

Et, sans attendre ma réponse:

« Je connais ça... c'est mon quartier, je suis du douzième; j'ai poussé dans l'ombre de la Sorbonne, mais il y a bel âge! J'étais apprenti typographe, avec un chapeau de papier, et je composais déjà mes trois lignes à l'heure, quand j'ai changé d'idée...

« J'ai peut-être eu tort; les dîners de table d'hôte ne valent pas les fricots de ce temps-là; une poularde me produit moins d'effet aujourd'hui qu'une galette de deux sous en 1810.

« C'est pour dire que la jeunesse embellit tout.

« Aujourd'hui on va chez Desforges, au coin de la place Saint-Michel; vous connaîtrez ça, jeune homme; et les jours de *dèche*, vous irez chez Flicoteau, rue des Mathurins : — un bouillon... un bœuf... des pommes de terre frites... une topette, douze sous!... ça n'est, ma foi! pas cher.

« Après ça une chambre à 20 francs; trois cigares à 5 centimes par jour; un dîner le dimanche à 32 sous, chez Tavernier, la petite au bras; le blanchissage, 4 francs...

« Décidément, Casimir, ça ne va pas. Vos chevaux ont déjà fait leur relais ce matin, j'en répondrais sur ma tête; ils dorment en marchant, commes des taupes! »

Le cocher redonnait son coup de fouet et l'on recommençait à galoper.

« Oui, avec 150 francs par mois, on est un Rothschild au quartier Latin : on roule sur l'or!... Si j'avais eu 150 francs à dépenser par mois, je me serais mis étudiant amateur en médecine, en botanique, en n'importe quoi, comme beaucoup d'autres, et je serais maintenant président à la Cour de cassation, avocat général, chirurgien-major, inspecteur de quelque chose. J'aurais ma retraite et des rentes, au lieu d'attraper des courants d'air au service de la Compagnie.

« Voilà... c'est la chance qui fait tout; il me fallait 150 francs, et je ne les avais pas. »

Ces réflexions du conducteur ne m'empêchaient pas de rêver, je l'écoutais, perdu dans mes réflexions; le curé, mon voisin, sommeillait toujours : de temps en temps ses gros yeux s'entr'ouvraient à demi, sa tête se relevait, puis retombait sur l'épaule, contre la bâche.

Je ne sais quelle mouche piqua le conducteur, mais au bout de trois ou quatre relais, étant descendu chaque fois pour surveiller l'attelage, prendre les commissions au bureau et se rafraîchir d'un petit verre, la chaleur et la poussière aidant, il se trouva lancé, et me touchant du coude, en clignant de l'œil :

« Le curé dort, fit-il.

— Je crois que oui, conducteur.

— Eh bien, moi, je ne le crois pas; il nous écoute, hé! hé! hé! Ça l'intéresse, la Chaumière, le Prado... il voudrait pincer un petit *cancan*...

— Oh! conducteur...

— Bah! bah! je vous dis, moi, qu'il voudrait entrer au quadrille, avec Bibi et la reine Pomaré. »

Et comme le curé entr'ouvrait les yeux :

« Avez-vous vu ça, hein? »

Je me taisais, tout honteux; et lui, sans tenir compte de mes signes, ajoutait :

« Ça ne m'étonne pas; les jésuites sont en campagne. Celui-ci, bien sûr, est parti de son village, pour entendre prêcher Lacordaire à Nancy.

« On fait de grandes histoires avec Lacordaire... Eh bien, il y a trois ans, par curiosité, j'ai voulu l'entendre à Notre-Dame. On jurerait une marchande de plaisirs à la porte des théâtres : « Demandez du plaisir, mesdames! » Et puis, de temps en temps, il se rengorge, et l'on croirait un marchand de vieux habits : « Vieux habits à vendre! »

« C'est à vous faire suer, parole d'honneur. Il n'y a que les calotins pour se louer entre eux. Si vous voulez réussir, jeune homme, mettez-vous dans la calotte... avec un brin de talent, ils en feront des montagnes. »

Je ne pouvais l'empêcher de parler; c'était un de ces hommes qui redoublent, lorsqu'on les contredit.

Et puis, à cette époque, toute la France se divisait en deux partis : pour ou contre les jésuites! Mais ce pauvre curé n'en était pas cause, et je me sentais indigné des propos du conducteur; il s'en aperçut et me dit en fronçant le sourcil :

« Ah çà! vous ne tenez pas pour la calotte, j'espère?

— Je tiens pour la politesse et les convenances, lui répondis-je; vous voyez bien que Monsieur ne dort pas et vous l'appelez jésuite. »

Alors je fus tout étonné de voir le gros curé se redresser, en bâillant dans sa main, et répondre :

« Oh! Monsieur ne m'offense pas en m'appelant jésuite, au contraire, il me flatte; je voudrais être jésuite, mais un vrai jésuite; c'est une classe de gens où l'on trouve moins d'imbéciles que dans celle des conducteurs de diligences. »

Le conducteur, à cette réplique, se retournant brusquement, lui demanda :

« Le curé dort », fit-il (Page 23.)

« C'est pour moi que vous dites cela, monsieur le curé?

— Je parle des imbéciles en général, répondit le gros homme avec nonchalance, je ne parle d'aucun imbécile en particulier. »

Puis, rouvrant son bréviaire, il se mit à lire avec le plus grand calme.

Le conducteur ne répondit rien d'abord ; mais, au bout d'un instant, levant le siège de la banquette, il y prit un paquet de journaux en me demandant :

« Vous avez lu ça?

— Qu'est-ce que c'est?

— C'est mon feuilleton : *Le Juif errant.* »

J'avais entendu le grand-père parler de ce nouvel ouvrage d'Eugène Sue, qui devait paraître bientôt en livraisons, mais je ne le connaissais pas encore.

« C'est le chef-d'œuvre des chefs-d'œuvre d'Eugène Sue, dit le conducteur ; je fais deux fois par semaine le voyage de Strasbourg... Eh bien, j'emporte mon feuilleton pour le lire à la Maison-Rouge, le soir quand j'arrive; j'en perdrai les yeux... ça me tient réveillé jusqu'à deux heures du matin. Rien que pour ce livre, Eugène Sue mériterait une place au Panthéon, entre Voltaire et Jean-Jacques

— Alors, c'est mieux que les *Mystères de Paris?*

— Les *Mystères de Paris,* fit-il en haussant les épaules, auprès du *Juif errant,* c'est de la camelote... de la vraie camelote. Figurez-vous qu'il y a là-dedans un particulier

Il me tournait le dos (Page 31)

nommé Rodin, — un *socius*, comme les jésuites s'appellent entre eux, — qui, pour agripper l'héritage de deux pauvres orphelines et de toute la famille Rennepont, dispersée dans le monde par les crimes de l'Inquisition, soulève tous les brigands de la terre contre elles et les autres membres de la famille, et les extermine tous.

« Finalement, vous croiriez être à l'exposition de Curtius, au boulevard du Temple : les morts, hommes, femmes, enfants, sont alignés dans leur cercueil, et ça ne produit pas plus d'effet sur le *socius* que s'il prenait une prise de tabac... Canaille !...

« Est-il possible qu'on supporte des scélérats pareils au milieu du XIXe siècle : des Rodins, des docteurs Balenier, des Mme de Saint-Dizier, des mères Sainte-Perpétue, des Mme de Sainte-Colombe !

« Voilà ce qui fait que le commerce est arrêté, que les fabriques ne vont plus, que nous avons des grèves et que je retourne, les trois quarts du temps, à Paris, avec la moitié de mon chargement, quand, l'année dernière encore, tout était bondé de marchandises.

« Aujourd'hui, tout est en déroute, les pommes de terre ont des vers blancs... Oui !... ça gagne jusqu'aux pommes de terre, la pourriture s'y met comme dans tout le reste ; si l'on ne prend pas des mesures contre cette peste, la société tournera en eau de boudin.

« Et ça réclame l'instruction de la jeunesse ! Ah ! oui, c'est chez eux que j'enverrai mes filles et mes garçons .. qu'ils y comptent...

pour en faire des Caboches, des Françoise Baudoin, des Couche-tout-nu ! »

En ce moment, M. le curé déposa son bréviaire et me dit :

« Vous êtes témoin, monsieur, des outrages que je subis depuis une heure ; vous voudrez bien en témoigner à l'administration, où je vais déposer ma plainte dès notre arrivée à Paris.

— L'administration se moque des jésuites, répliqua le conducteur : les opinions sont libres ; vous avez les vôtres et moi les miennes.

— C'est ce que nous verrons, dit le curé. Si ma plainte n'est pas accueillie par l'administration, je la porterai en justice ; je la ferai soutenir par maître Liouville, qui ne la laissera pas tomber dans l'eau. »

Pourquoi citait-il Me Liouville plutôt que Me Favre, Me Desmarest, ou tout autre ? Je ne l'ai jamais su. Mais le conducteur en parut vivement contrarié ; il vida lentement les cendres de sa pipe sur le tablier de l'impériale et la remit en poche ; puis, se penchant contre la bâche, il ferma les yeux.

Nous montions une longue côte au pas ; c'était à son tour de paraître dormir.

M. le curé, me regardant alors avec un sourire de bonne humeur :

« Quoique vous ne soyez pas de la calotte, je ne vous en remercie pas moins, monsieur, d'avoir pris ma défense.

— Vous ne donnerez pas suite à votre menace ? » lui dis-je à voix basse.

D'un signe de tête imperceptible il me répondit que non, et, rassuré pour le conducteur par cette promesse, nous fûmes aussitôt dans les meilleurs termes.

C'était un homme d'esprit et d'une conversation fort agréable.

Aujourd'hui que j'y pense, après tant d'années, je suis étonné de l'art et du naturel avec lesquels il s'empara de ma confiance.

Nous causâmes jusqu'à Paris de mes études, de mes projets, auxquels il paraissait s'intéresser, et même de mes goûts, dont il s'informa tout souriant.

Je lui dis que j'aurais beaucoup aimé la chasse, si j'avais eu des chiens, un fusil et des forêts à ma disposition.

« Cela ne m'étonne pas, faisait-il, je suis comme vous ; mes occupations, mon état ecclésiastique, m'ont seuls détourné de cette passion, du reste fort innocente et utile à la santé. »

Enfin, au bout d'une ou deux heures, nous étions les meilleurs amis du monde.

Il connaissait M. Brigolant, M. Poirier, M. Stecken, tout le personnel du collège de Sainte-Suzanne, et M. le curé Blanchard aussi bien que moi, ce qui ne laissait pas de m'intriguer un peu.

À table d'hôte, il me plaçait près de lui, me servait lui-même, et, quand le conducteur voulait presser le départ, sortant une grosse montre d'or à la papa, il disait gravement :

« Nous avons encore droit au café, cinq minutes bien comptées, conducteur. »

Et le conducteur ne répliquait plus.

Je me souviens que dans notre longue conversation, par le fait de je ne sais quel hasard, il fut question des Pères de l'Église : saint Grégoire, saint Jean Chrysostome, saint Ambroise, et comme, sous ce rapport, M. Poirier n'avait pas négligé mon instruction, qui lui était fort recommandée par le principal, il s'émerveillait de mon érudition.

Il me donna quelques indications sur les nouvelles conférences catholiques récemment instituées rue Jacob et ailleurs, sur l'excellente société qui les fréquentait, mais le tout en forme de parenthèse, sans m'engager autrement à les suivre.

En résumé, et grâce à lui, ce long voyage de trente-huit heures se passa comme une minute.

La seconde nuit pourtant s'écoula dans la somnolence, — j'étais accablé de fatigue.

Le conducteur, qui me prenait alors décidément pour un calotin, ne m'adressait plus la parole.

Et le lendemain, vers sept heures, Paris était sous nos yeux ; nous le découvrions des hauteurs de Pantin, sur une étendue prodigieuse ; ses dômes, ses tours, ses toits, baignés dans les brumes d'octobre, s'illuminaient aux premières lueurs du soleil. Bientôt un rayon splendide, perçant le brouillard, fit scintiller les flèches de ses plus hauts édifices, puis les enfilades de ses rues, la courbe de ses boulevards, les cimes de ses jardins, de ses avenues, de ses promenades, sa colonne de Juillet, à gauche, et, tout au loin, à droite, son arc de triomphe de l'Étoile, dorés par le levant.

J'en étais émerveillé.

Enfin notre diligence franchit les barrières et s'engouffra dans les rues avec un bruit de tonnerre, au milieu des coucous, des tilburys, des cabriolets, des charrettes, des fiacres, des voitures de toutes sortes, qui se multipliaient à mesure que nous avancions. Les passants se retournaient et se garaient le long des trottoirs ; les restaurants, les magasins, les ateliers, les étalages, se succédaient.

Cette première impression tumultueuse est restée ineffaçable dans ma mémoire : elle tenait de la stupeur.

M. le curé me parlait encore, mais je ne l'entendais plus.

Une demi-heure après, nous entrions dans la cour des Messageries, rue Notre-Dame-des Victoires.

Là, descendant le premier de l'impériale, M le curé m'attendit en bas pour me tendre la main ; puis il me remit sa carte, où je lus : « Monsieur Rosereille, chanoine-promoteur, à Beauvais. »

« Mon cher ami, me dit-il, j'espère que vous viendrez me voir ; Beauvais n'est pas loin de Paris ; nous avons des chasses, des fusils, des chiens, tout ce qu'il vous faut pour bien vous amuser. Je vous présenterai à Monseigneur ; vous serez parfaitement reçu. »

J'étais touché de cette invitation gracieuse.

« Vous viendrez, n'est-ce pas, dit-il, quand ce ne serait que pour deux ou trois jours, aux vacances de Pâques ? »

Je ne pouvais m'engager, mais je lui promis de faire mon possible.

Et, notre bagage étant déchargé, nous nous séparâmes comme de vieilles connaissances.

Le conducteur ne fut pas fâché de le voir s'éloigner dans un fiacre, sans avoir déposé sa plainte aux bureaux de l'administration.

Moi, je partis pour le quartier Latin.

A midi, je me trouvais installé chez M. Martin, ancien cocher de la duchesse de Berry, qui tenait un petit hôtel dans l'impasse des Poirées, non loin du Panthéon, avec Mme Gertrude, son épouse, et sa belle-sœur, Mlle Jeannette.

Mme Gertrude tirait le cordon ; Mlle Jeannette faisait les chambres des étudiants ; elle était rousse et fort laide, bonnes conditions de moralité ; et M. Martin élevait des poules et des lapins dans une petite cour noire comme un puits. Le soleil n'y descendait qu'en juin et juillet, durant quelques instant, et l'on voyait alors les lapins grignoter une feuille de chou dans l'ombre et se dresser aux murs comme des rats, en agitant leurs moustaches.

Aussitôt établi, mes effets serrés dans les placards, je me jetai sur mon lit. Le sommeil ne se fit pas attendre, et, lorsque je m'éveillai, le gaz brillait sur mes vitres : il était huit heures du soir.

Et, regardant à ma fenêtre, je vis l'enfilade des becs de gaz dans la rue des Grès, ce qui me produisit l'effet d'une lanterne magique, cette lumière étant encore inconnue à Sainte-Suzanne.

Puis, je m'habillai et je descendis mes étages, pour me restaurer quelque part.

Je ne vous raconterai pas mon premier dîner chez Desforges, parmi cinquante autres jeunes gens venus de tous les points de la France : les uns, de seconde ou de troisième année, groupés à la même table et fraternisant entre eux ; les autres, nouveaux venus comme moi, isolés, cherchant à se connaître, à se lier, lisant le programme de l'École, et s'informant de l'ouverture prochaine des cours.

Sorti du restaurant, j'allai jeter un coup d'œil le long des quais, délibérant sur le choix des professeurs de première année que j'avais à faire.

Les plus renommés, à Sainte-Suzanne, étaient M. Duranton, pour le droit civil, et M. Ducourroy, pour le droit romain ; je les choisis à tout hasard, et, vers onze heures, étant rentré dans ma chambre, je me recouchai, et je me rendormis comme un bienheureux, au brouhaha du quartier.

VII

C'est le lendemain que je fis connaissance avec Paris. J'étais en route de bon matin ; les balayeurs et les balayeuses rentraient dans leurs taudis, et les laitières, avec leurs cruches de fer-blanc, venaient s'asseoir sous les portes. Il pouvait être au plus six heures.

Le vieux quartier Latin, encaissé dans ses rues profondes et tortueuses, pleines d'ombre en été, de brouillard et d'humidité en hiver, ressemblait au quartier Latin d'aujourd'hui à peu près comme une forêt vierge d'Amérique peut ressembler au jardin des Tuileries.

Il en reste trois ou quatre édifices : les Thermes de Julien, l'hôtel de Cluny, la Sorbonne, qui vous représentent de vieux nids autrefois perdus au fond des bois, et maintenant raclés, nettoyés, étalés au grand soleil.

C'est une désolation, pour ceux qui vécurent jadis dans ce quartier, d'y retourner aujourd'hui.

Ces larges boulevards, ces squares, ces fontaines de bronze en face du nouveau pont Saint-Michel, leur rient au nez ; tout semble leur dire :

« Tu n'es plus de notre époque, tes amis n'existent plus : professeurs, étudiants, grisettes, porteurs d'eau, charbonniers, rôtisseurs de marrons, fruitières poussant leurs charrettes, marchands d'habits chargés de guenilles, tous ont défilé ; va les rejoindre : *Requiescant in pace!*

O mon vieux quartier Latin, où j'ai passé cinq ans de ma belle jeunesse; vieux toits où la pluie tremblotait en décembre au bord des cheneaux rouillés, où le soleil s'allongeait au printemps en grandes bandes dorées le long des murs décrépits; sombres défilés souterrains, allant du cloître Saint-Benoît à la rue Sorbonne, de la rue Sorbonne à la rue de la Harpe; respectables bouquinistes, honnêtes marchands d'antiquailles, dignes chiffonniers rôdant, la hotte au dos, sur les tas d'ordures, jolies filles trottinant au bras de leur étudiant, pierrots et débardeurs du carnaval courant sous les flocons de neige : silhouettes dansant aux vitres du Prado, toutes frémissantes de la valse, du fifre, de la trompette! O mon vieux quartier Latin, qu'es-tu devenu?...

Je sais bien que ces regrets sont absurdes; je sais que, de siècle en siècle, la peste ou le choléra venait se promener dans ces boyaux, accrochant à droite et à gauche tout ce qui leur tombait sous la griffe; je sais que la misère aussi venait s'y embusquer les jours d'émeute, hâve, minable, l'antique mousquet au poing et la chemise débraillée, fusillant de carrefour en carrefour la ligne et la garde nationale qui voulaient y pénétrer, et que maintenant, grâce à ces larges trouées, on peut balayer toutes les embuscades, de la gare de l'Est au fond de la barrière Saint-Jacques.

Je sais tout cela, et je trouve que la civilisation a fait un grand pas dans cette direction; que l'air, le soleil, sont de bonnes choses; que la santé et le bien-être avaient le droit d'entrer dans ces recoins, où pendaient encore les toiles d'araignée du seizième siècle.

Oui! Mais que voulez-vous, on était si bien chez soi dans ces retraites obscures, qu'il vous semble encore, après trente ans, qu'on vous a volé votre âme, votre vie, votre jeunesse, qu'on a balayé jusqu'à vos souvenirs, en les supprimant.

Et puis ces grandes avenues, si claires, si lumineuses, savez-vous ce qu'elles me produisent auprès des ruelles d'autrefois? L'effet d'une belle épreuve de nos journaux illustrés, bien correcte et bien nette, auprès de quelque vieille gravure de Callot ou de Rembrandt, imprimée sur un papier jaune, enfumé, c'est vrai, mais pleine d'un sentiment étrange qui vous pénètre et vous charme.

Vous me comprenez; je vous dis franchement mon sentiment sur le vieux et le nouveau Paris.

Que les nouvelles générations admirent les files d'arcades, les larges boulevards, elles ont raison sans doute; le bon sens, l'hygiène, sont pour elles; le sentiment est peut-être de notre côté.

Quoi qu'il en soit, je logeais chez M. Martin, dans une toute petite chambre sous les toits, où je grimpais quatre à quatre comme un écureuil

De là-haut, accoudé sur ma fenêtre, je voyais un corps de garde de municipaux, envoyant d'heure en heure quelques hommes relever les postes voisins, et la vieille rue des Grès, bordée de petites librairies jusqu'au coin de la place Saint-Michel; les gens du quartier allant et venant, stationnant devant les vitrines, feuilletant un volume, se remettant en marche.

Ce spectacle me plaisait; j'étais chez moi comme dans ma cellule de Sainte-Suzanne, avec plus de distraction et de liberté, voilà tout.

Et, sur les huit heures, mes *Institutes* ou bien mes *Sept Codes* sous le bras, j'allais au cours de M. Ducaurroy, qui se trouvait dans le nouvel amphithéâtre, rue Sorbonne, ou bien à celui de M. Duranton, au fond de la cour sombre de l'École, place du Panthéon.

A dire vrai, M. Poirier, en nous parlant sans cesse, en rhétorique, des luttes glorieuses du Pnyx et du Forum, des promenades savantes de l'Académie et du Lycée, m'avait rendu difficile, et le bon père Duranton, avec sa grosse tête grise, ébouriffée, et son énorme tabatière posée sur la chaire, commentant d'une façon fort diffuse un article du Code civil, me paraissait au-dessous de son rôle; j'aurais mieux aimé entendre Cicéron ou Quintilien; mais, comme dit le proverbe : « faute de grives, on mange des merles », surtout quand les merles ont le droit de vous interroger aux examens sur le goût que vous leur trouvez.

M. Ducaurroy, lui, ses lunettes d'or au bout du nez, nous expliquant mot à mot les *Institutes* de Justinien, en attachant à chaque virgule une importance capitale, me produisait l'effet d'une bonne vieille montant l'A B C à des enfants.

Mais comme il était, à ce qu'on disait, fort

sévère aux examens, et que sa manière de voir sur chaque virgule lui paraissait sacrée, il fallait bien en tenir note, pour ne pas l'oublier au moment venu.

En sortant de là, je courais déjeuner chez M. Ober, au cloître Saint-Benoît, avec quatre ou cinq camarades: Perrigot, Compère, Leduc, tous bons enfants, fort assidus aux cours, et dont j'avais fait ma société.

Les trois salles du restaurant Ober, garnies de petites tables en marbre, et vaguement éclairées par quelques fenêtres, prenant jour sur la cour du cloître, offraient un coup d'œil réjouissant.

C'est là que les biftecks, les rosbifs, les fricandeaux, les triangles de fromage, les salades de cresson ou de laitue et les demi-bouteilles de vin, s'expédiaient à la douzaine.

Il fallait voir tous ces mentons galoper, il fallait entendre ce cliquetis de verres et de fourchettes, et les cris :

« Garçon, du pain !... Garçon, une pomme frite !... Garçon, une raie au beurre noir !... Garçon... garçon... garçon... garçon... »

Cela partait de tous les coins, comme un feu roulant.

Et le père Ober riait à son comptoir; il se barbouillait le nez de bonnes prises, en pensant :

« Ça marche ! ça roule ! ça va bien ! »

En a-t-il vendu des comestibles de toute sorte, au fond de cette vieille cour !

Il n'y a pas de restaurant à Paris qui jamais ait joui d'une clientèle aussi dévorante que la sienne : tous des gaillards de dix-huit à vingt-trois ans et qui se renouvelaient d'année en année par fournées, à mesure que leurs estomacs devenaient plus difficiles.

Tout cela discutait; on ne s'écoutait pas d'une table à l'autre, on avait bien assez à faire de s'entendre à la sienne.

C'est ce que j'ai vu de plus joyeux dans ma vie; j'en ris encore, je crois encore y être.

Mais ce bon temps est passé ! D'autres viendront; ils auront bon appétit, leurs trente-deux dents croqueront des noix et des noisettes, à faire frémir vos vieux chicots... et vous pourrez dire à votre tour, en les regardant tout mélancolique : *fui, fuisti, fuimus*... Amen !

Tel était le restaurant Ober en l'an 1844.

Notre repas terminé, nous allions en nous dandinant au jardin du Luxembourg, quand il faisait beau, les mains dans les poches, le bolivar sur l'oreille, causant de tout, ergotant sur tout et contents de nous-mêmes.

Les jours de pluie, nous allions à la Sorbonne faire notre digestion en écoutant Jules Simon s'enthousiasmer sur l'École Alexandrine ; Saint-Marc Girardin disserter, à propos de poésie, avec un esprit et un bon sens intarissables ; ou bien M. Géruzez nous lire des passages de Rabelais sur les mérites des andouilles et de la dive bouteille.

Ce genre de littérature nous faisait rire, le bon M. Géruzez riait avec nous ; un courant électrique s'établissait dans la salle, et les applaudissements éclataient.

VIII

Vers la même époque, d'autres émotions plus intimes m'agitaient.

L'hiver était passé ; le souvenir de Sainte-Suzanne et de nos promenades à la maison forestière des Mésanges, avec les messieurs et les demoiselles de la ville, me revenait avec attendrissement, et souvent il m'arrivait de m'écrier :

« Ah! le bon temps!... Ah! que Denise Colson était jolie, avec ses petites manches à gigot, et comme elle chantait bien :

Si tu le vois, dis-lui que je l'adore...
Rappelle-lui qu'il m'a donné sa foi !...

Ces pensées me troublaient ; je les exprimais avec mon cornet à piston, en jouant l'air de *Guido et Ginevra*, ou d'autres motifs aussi tendres. Mes voisins en étaient fort ennuyés ; mais que voulez-vous ! un âge arrive où le cœur a besoin de s'épancher d'une façon quelconque, et je me trouvais dans cette période intéressante.

Or, sur le même palier que moi demeurait un vieux bonhomme appelé Bolivar, sans doute parce qu'il portait le grand chapeau du libérateur de l'Amérique espagnole.

Ce vieux, la barbiche grise en pointe, les joues creuses, les moustaches retroussées, le teint légèrement vineux et son large feutre sur l'oreille, m'inspirait une sorte de respect ; je le considérais comme un de ces peintres décorateurs qui ne manquent pas de talent, mais qui sont forcés de faire du métier pour vivre. Il avait une vieille femme maladive et une jeune fille de seize à dix-sept ans, brune, les cheveux naturellement frisés, la figure ronde, hâlée par le grand air, le front petit, mais bien fait, avec de grands yeux noirs tout pleins d'une langueur et d'une tendresse inexprimables.

Elle était vêtue d'une robe de couleurs vives, un collier de corail entourait son joli cou brun, sa taille était fine, ses pieds étaient mignons; enfin, on ne pouvait voir de plus jolie créature.

Toute la famille partait le matin de bonne heure, — le vieux en avant, une sorte de tente à quatre piquets sur l'épaule, la femme un grand panier au bras, recouvert de son couvercle d'osier, et la petite avec une corbeille, allant Dieu sait où et ne revenant qu'à la nuit.

Je les avais rencontrés quelquefois dans l'escalier, et la petite, levant la tête, m'avait jeté un regard d'une douceur infinie.

Aussi, rentré dans ma chambre, il m'arrivait de rester des heures assis, les deux coudes sur ma table, la tête entre les mains, à rêver à cette jeune fille et à son regard, qui m'agitait jusqu'au fond de l'âme.

Les choses en étaient là depuis le printemps, et chaque soir, rentrant du cabinet Leclerc, rue Sorbonne, vers dix heures, avant de me coucher, je songeais à la petite.

La famille rentrait à peu près en même temps que moi, et tout aussitôt, embouchant mon cornet à piston, j'exécutais jusqu'à la dernière note mon répertoire amoureux, ma fenêtre ouverte sur la cour, et les yeux fixés sur la lucarne de mes voisins, où je voyais apparaître l'ombre de la petite, toute pensive, appuyée sur le rebord du toit.

La lune venant à monter au-dessus des hauts pignons noirs du quartier, et se promenant dans le ciel à travers les nuages, nous voyait attentifs l'un à l'autre; sans nous être dit un mot, nous connaissions nos plus intimes pensées.

« Allons, Marguerite, allons, disait enfin la vieille Jacqueline, éteins la lampe, il est temps de te reposer. »

Aussitôt, la jolie figure se retirait. Je lançais encore quelques notes plaintives et tremblotantes; puis, voyant la lumière disparaître, je me couchais et je m'endormais au milieu des rêves les plus doux.

Mais alors arrivait une chose étrange : à peine étais-je endormi, vers minuit, quelquefois plus tard, que des éclats de rire bizarres retentissaient au-dessus de moi : des voix qui se parlaient et se répondaient sur un ton grave ou comique, avec des exclamations, des apostrophes, des plaintes affectées, un persiflage impossible.

Ces cris m'éveillaient, je dressais l'oreille en me demandant :

« Qui diable loge là-haut, dans le grenier? Qui peut se livrer à de pareils ébats? C'est un fou, pour sûr, car ces cris, ces « ho! ho! ho! » ces « hi! hi! hi! » ne sont pas naturels; il se passe là-haut quelque chose d'extraordinaire. »

Et une nuit, vers deux heures du matin, le tintamarre allant *crescendo*, si bien qu'on aurait dit que tous les chats du quartier s'étaient donné rendez-vous dans les gouttières, la curiosité me prit d'y aller voir.

Je me levai donc, je passai mon pantalon et je sortis pieds nus sur le palier.

C'était en juin, il faisait chaud, de sorte que je n'eus pas besoin de m'habiller; mais, par précaution, ne sachant pas quelle rencontre j'allais faire, je m'armai d'une bonne trique, un souvenir du pays.

J'avais remarqué sur le palier du cinquième une courte échelle entrant dans la soupente du grenier; pendant le jour, elle était appliquée contre le mur, mais à cette heure, au clair de lune donnant par une vitre en tabatière, je vis l'échelle debout dans l'ouverture du plafond, et naturellement, avant de monter, je prêtai l'oreille.

Tout s'était tu dans cet instant, en bas, tout se taisait aussi; l'hôtel dormait, jusque dans la loge du concierge.

N'entendant plus rien, au bout d'une demi-minute j'allais rentrer, lorsque le sabbat recommença par un éclat de rire insensé.

« Hé! hé! hé! la voilà morte!... hi! hi! hi! ma Colombine est morte! c'est moi qui l'ai tuée. Voyons, Colombine... voyons! pas de mauvaise plaisanterie... réveille-toi! Colombine! chère petite Colombine, ma joie et mes amours... Elle ne bouge pas! Oh! Dieu, qu'est-ce que je vais devenir, si la garde arrive? La voilà... la voilà... détalons... prrr!

— Halte!

— Ah! je suis pris... pincé!

— Qui êtes-vous?

— Laissez-moi.

— Nous tenons le bandit... Allons, qu'on lui mette les menottes!

— Oh! mes pauvres parents! Honorable famille des Pantalons... Oh! mon respectable père... oh! oh! oh!, que diriez-vous, si vous voyiez votre indigne fils, l'espoir de vos cheveux blancs, aller à la potence?... Oh! oh! oh! ha! ha! ha! Crac, me voilà parti! Ah! les cornichons qui me plaignaient... J'en ai mis deux par terre.

— Arrêtez! arrêtez!

— Arrêter! ah! oui, je t'en moque... J'ai pris de l'air.

— Arrêtez! arrêtez! »

Ainsi de suite.

J'avais grimpé à l'échelle, et, le nez à ras du plancher, je regardais dans le grenier, et je voyais M. Bolivar, entouré d'une vingtaine de marionnettes qu'il faisait manœuvrer au moyen de ficelles, sur un petit théâtre en bois peint, où brillait une lanterne.

Il me tournait le dos.

C'était étrange de voir ces poupées aller, venir, se saluer, s'agiter, disparaître dans l'ombre, et surtout d'entendre les éclats de rire, les propos décousus du vieux Guignol dans ce grenier silencieux.

J'étais là depuis quelques instants; M. Bolivar, s'étant retourné plusieurs fois pour sortir ses poupées, m'avait montré son profil; je ne conservais plus aucun doute sur son identité et j'allais redescendre tout doucement, quand quelques grains de poussière s'élevant du plancher m'entrèrent dans le nez et me forcèrent d'éternuer.

C'est alors qu'il aurait fallu voir le père Bolivar se retourner et regarder dans la nuit de mon côté, en s'interrompant de rire.

Malgré les ténèbres, je voyais ses yeux s'arrondir.

Je faisais tous mes efforts pour m'empêcher d'éternuer, mais impossible; cela me revenait par secousses, et lui, à chaque fois, poussait un long soupir.

Il ne disait pas un mot, ni moi non plus, on aurait entendu trotter une souris, tant le silence était profond.

A la fin, recueillant tout son courage, il demanda :

« Qui est là? »

Et, grimpant de mon échelle dans la soupente, je lui répondis :

« C'est moi, monsieur Bolivar. »

Ce mot de Bolivar le fit tressaillir. Qui pouvait le reconnaître dans ce grenier sombre, à deux heures du matin? Cela ne lui paraissait pas naturel, et dans l'obscurité tout paraissant grandir démesurément; à chaque échelon que je montais, il reculait d'un pas derrière son théâtre et finit par me demander : « Qui, vous? » d'une voix chevrotante et cassée.

Décidément, ce n'était pas le fameux Bolivar de Caraccas; il me prenait peut-être pour la garde à la recherche de Polichinelle.

« Moi, lui répondis-je, le cornet à piston.

— Le cornet à piston! fit-il, comme cherchant dans ses souvenirs.

— Oui, vous savez bien... le voisin qui joue : « *Pitié, de grâce!* »

Alors il reprit haleine et se mit à bégayer d'un accent de satisfaction :

« Ah! ah! c'est vous!... Ah! mon cher voisin... c'est vous?... Je ne vous reconnaissais pas. Mais au fait... de votre chambre... vous devez m'entendre.. hé! hé! hé! vous comprenez mon émotion : la nuit tous les chats sont gris... Tant mieux que ce soit vous! »

A chaque parole il devenait plus gai; il se prit même à rire tout de bon en s'écriant :

« Vous m'avez fait peur... Vous concevez... d'entendre éternuer à cette heure... qui diable ne s'effrayerait pas? Il y a tant de bandits dans la capitale... qui se cachent dans tous les recoins... des Chourineur... des Rodin... »

« Allons, me dis-je, le bonhomme a lu les *Mystères de Paris.* »

Il ne me laissait pas parler, ayant décroché sa lanterne et me la tenant sous le nez, pour mieux me voir :

« Ah! c'est bien vous, murmurait-il, oui, je vous reconnais.

— Mais que faites-vous donc, monsieur Bolivar? lui dis-je à la fin.

— Ah! je m'amuse, dit-il. Oui... je m'amuse à répéter un rôle de Polichinelle, pour mon petit théâtre de société. J'ai choisi ce grenier, qui me convient et où je ne dérange personne : M. Martin a bien voulu me le prêter; c'est un endroit propice à la chose. »

Je vis qu'il était honteux de son état et je lui dis :

« Je vous croyais peintre, monsieur Bolivar?

« Je le suis... ou plutôt je l'ai été, s'écria-t-il, comme ravi de l'opinion avantageuse que j'avais eue de lui. Oui, monsieur; mais, ma vue s'étant affaiblie et les commandes devenant toujours plus rares, il a bien fallu chercher d'autres ressources. Et, ma foi! fit-il, prenant son parti de tout avouer, comme il n'y a pas de sot métier, mais seulement de sottes gens, j'ai profité d'un talent naturel que j'avais; M. le préfet de police a bien voulu m'accorder une autorisation pour l'avenue des Champs-Élysées, et mes affaires ne vont pas trop mal... non, pas trop mal! Il faut des rôles... des scènes... On n'arrive pas du premier coup à la pratique de Bobino... et pour faire un vrai polichinelle, un arlequin, un pierrot, il faut du mérite. »

Ainsi parlait le pauvre diable, et je compris que cet homme avait occupé jadis une position plus heureuse, qu'il avait peut-être eu du talent et qu'il se trouvait humilié du métier de séraphin, son unique ressource.

« Mais oui... notre journée est finie! » (Page 34.)

« Oh! certainement..., certainement, monsieur Bolivar, lui dis-je, je n'ai jamais douté de l'art qu'il fallait dans votre partie; c'est en quelque sorte une dépendance de l'art dramatique. La grandeur de la scène ne signifie rien; le décor est une invention moderne; de très grands génies, tels que Shakspeare, Lope de Vega, Calderon et bien d'autres, ont fait représenter leurs chefs-d'œuvre au fond d'une grange, d'une posada ou même dans une baraque de la foire, sans que personne ait jamais contesté leur mérite.

— C'est clair, dit-il, aussi je me fais honneur de ma profession. »

Notre conversation durait depuis cinq minutes; et, s'apercevant enfin que j'étais là, les pieds nus sur le plancher, il me dit:

« Vous avez quitté votre lit?

— Oui, monsieur Bolivar, la curiosité...

— Eh bien, fit-il, comme aujourd'hui dimanche il y aura foule aux Champs-Élysées et que je tiens à faire sensation, vous me permettrez de poursuivre ma répétition.

— Bon... bon!... moi, je vais me recoucher.

— Nous nous reverrons en bons voisins, dit-il, nous nous reverrons! »

Je redescendis mon échelle, et, comme je me remettais au lit, j'entendais déjà recommencer les éclats de rire du pauvre homme.

C'était un être doux et bon, malgré ses grosses moustaches ébouriffées.

Plus d'une fois il m'était arrivé d'entendre le soir M. Bolivar, sa femme et sa fille, ren-

Elle sanglotait comme un enfant. (Page 36.)

trés dans leur mansarde, causer entre eux ; leur lucarne étant ouverte, chacune de leurs paroles m'arrivait dans le silence.

Et j'avais remarqué que la petite imposait toutes ses volontés aux pauvres vieux, qui ne pouvaient rien lui refuser.

Elle voulait un chapeau, elle voulait une robe, elle voulait des bottines ; sans doute c'était tout naturel, étant jolie, d'aimer la parure, mais les bonnes gens étaient si pauvres !

La mère Jacqueline se permettait quelques objections, et la petite se mettait à pleurer.

Aussitôt le pauvre Bolivar s'attendrissait et s'écriait d'une voix chevrotante :

« Mon Dieu, ne pleure donc pas, Marguerite ! Eh bien, oui !... oui... tu les auras, tes bottines, et ta robe, et ton chapeau ! Sois donc raisonnable ! Tu sais bien que nous n'avons pas fait grande recette, dimanche dernier. Pour que tes bottines soient gentilles, il faudra bien y mettre douze francs ; tu ne voudrais pas de grosses galoches, je pense... tu veux être bien chaussée... Eh bien, il nous manque trois francs... Allons, essuie tes larmes... Je te les promets, tes bottines. »

Et, s'adressant à sa femme, il ajoutait d'un ton de reproche :

« Nous n'avons pas de cœur... non !... nous n'avons pas de cœur !... Cette pauvre enfant attend son chapeau depuis un mois ; l'été sera passé avant qu'elle puisse le mettre.

— Ah ! je ne suis pas contre le chapeau, répondait la bonne vieille ; ce que je t'en dis, c'est pour te rappeler que nous n'avons pas grand crédit au quartier.

— Allons, ne me rappelle pas cela, nous avons bien assez d'autres ennuis... Marguerite aura ses bottines; elle les aura! S'il fait beau temps demain, nous aurons peut-être de la chance. »

Ces petites scènes d'intérieur m'avaient touché bien souvent; et mon grand désir de me rapprocher de Marguerite ne m'empêchait pas de comprendre que ç'aurait été l'action la plus lâche, la plus indigne, de séduire l'enfant de ces malheureux, leur seul bien en ce monde; je m'en sentais incapable, mais en attendant je me disais :

« Le bon vieux t'invite à venir le voir! Qui jamais aurait pu te faire espérer une pareille aubaine? La petite t'aime... c'est positif. Tu peux déjà te considérer comme de la famille Bolivar. »

J'en étais attendri, plein d'un sentiment religieux, comme Chactas rêvant à Atala.

Dans ces agréables pensées, je finis par m'endormir.

Lorsque je m'éveillai, les voisins étaient déjà partis.

L'idée me vint de courir aux Champs-Élysées, pour applaudir mon nouvel ami, ce qui ne pouvait manquer de me concilier son estime; mais la mère Jacqueline se serait certainement méfiée de quelque chose; elle n'aurait pu croire que je venais là, conduit par le seul amour des marionnettes.

Cette réflexion modéra mon ardeur, ce qui ne m'empêcha pas de partir pour les Champs Élysées aussitôt après déjeuner; mais, à mi-chemin, dans la cour du Carrousel, la prudence prenant le dessus, j'entrai faire un tour au musée de sculpture du Louvre et passer l'inspection des empereurs romains : Tibère, Néron, Domitien, les dignes fils de la louve; et celle des philosophes grecs, dont la physionomie méditative n'eut pas la vertu de changer le cours de mes idées.

Ils avaient beau froncer les sourcils et me recommander la sagesse, je me disais :

« Vieux farceurs! on connaît votre histoire; vous n'étiez pas si renfrognés chez les Laïs et les Phryné de votre temps; il vous est facile de vaincre vos passions, maintenant que vous êtes de marbre. »

M. Poirier lui-même aurait perdu son temps à vouloir me prêcher la vertu.

J'allais, je venais le long des galeries du Louvre, puis dans celles du côté du Palais-Royal, regardant aux vitrines les parures, les objets d'art, sans voir autre chose que Marguerite; me figurant toutes les satisfactions que j'aurais bientôt, parlant à sa personne : *ad personam!* comme disait le père Duranton.

C'est à peine si je me souviens d'avoir dîné ce jour-là, tant mon esprit était aux choses spirituelles, éthérées, aux choses de l'âme.

Les minutes pourtant me paraissaient bien longues, et vers huit heures je me retrouvais déjà dans ma chambre, la porte entr'ouverte sur le palier, guettant le retour de mes voisins.

J'avais jugé que c'était là mon meilleur poste, pour ne pas effaroucher la vieille Jacqueline, et à chaque instant je me disais :

« Les voilà... ce sont eux!... »

Enfin, au bout de deux grandes heures, ils parurent au bas de l'escalier; je vis le grand Bolivar gravir lentement les marches, à la lumière du gaz.

Cette fois, c'était bien eux, et rentrant dans ma chambre, le cœur tout agité, j'attendis leur arrivée au cinquième.

Puis, ouvrant ma porte comme par hasard, ma lumière à la main, je m'écriai d'un air étonné :

« Tiens! c'est vous, monsieur Bolivar? Vous voilà de retour? »

La mère Jacqueline, devant leur porte, son panier à terre, cherchait la clef de la mansarde avec impatience dans une de ses grandes poches; elle ne semblait pas vouloir lier conversation avec moi; et le vieux bonhomme, tout fatigué, ses piquets sur l'épaule, me répondit d'un ton d'indifférence, sans même me regarder :

« Mais oui... notre journée est finie! »

Moi, je ne quittais pas des yeux la petite; elle avait son chapeau de paille et ses bottines neuves; jamais je ne l'avais vue si belle! J'avais remarqué qu'à mon apparition elle était devenue toute pâle, et j'aurais voulu me précipiter à ses genoux.

« J'espère que la journée a été bonne, repris-je; vous êtes content, monsieur Bolivar?

— Très bonne! Nous avons eu beau soleil... c'est ce qu'il faut. »

Enfin la mère Jaqueline, ayant trouvé sa clef, ouvrit, ramassa son panier précipitamment et entra

M. Bolivar la suivit, et, comme Marguerite passait, je lui touchai la main.

Elle me regarda tout émue, et son regard me jeta dans le plus grand trouble.

« Allons, Marguerite, allons! » criait la vieille, de leur mansarde obscure.

La petite entra, et la porte se referma brusquement.

Ainsi se termina cette journée mémorable. Je ne doutais plus de l'amour de Marguerite, et j'en rêvai toute la nuit, tantôt avec bonheur, tantôt avec une inquiétude indéfinissable, me demandant où cette passion me conduirait et me rappelant les paroles du conducteur de diligence :

« Ah ! j'en ai vu de ces innocents, de ces ingénus... partir frais comme des chérubins, et puis... et puis... et puis !... »

Je me souvenais aussi d'une scène étrange qui s'était passée quelques mois avant, chez le grand-père, et qui me donnait à réfléchir.

Un matin, nous étions dans le petit cabinet littéraire, à causer comme d'habitude, lorsque vint à passer un personnage de Sainte-Suzanne, homme riche, bien posé, vivant grassement au premier hôtel de la ville, l'hôtel de la Cigogne, et ne se refusant aucune des jouissances de la vie.

Et le grand-père m'avait dit :

« Tiens, cet homme qui passe, le ventre arrondi et les oreilles pourpres, a plusieurs enfants en ville, qui lui ressemblent d'une façon étonnante ; de petits êtres en guenilles, entretenus par leurs mères pauvres.

« Il suffit de les voir pour se dire : Ils sont de monsieur un tel, qui n'y pense pas et s'en moque.

« Et ce monsieur, chaudement vêtu en hiver, assis dans un petit salon à part, au rez-de-chaussée, en face d'une table toujours somptueusement servie, dégustant les meilleurs vins, aspirant avec délice le fumet d'un perdreau qu'il découpe, voit, par les hautes fenêtres couvertes de givre, sa propre chair toute rouge et grelottante, qui dévore des yeux les mets succulents sur son assiette et qui crie :

« Un morceau de pain, mon bon monsieur ! »

« Il semble ne rien entendre et continue de manger du meilleur appétit.

« Et puis il sort faire sa digestion ; il monte en voiture, couvert d'un bon manteau fourré ; il touche le cheval du bout de son fouet, et se met à rouler sur le velours, tandis que ses enfants, les pied nus dans la neige, courent derrière la voiture en lui tendant leurs petites mains.

« Il fait semblant de ne pas les connaître !...

« Toute la ville le sait, et l'on salue ce monsieur ! On se fait honneur d'accepter ses invitations à dîner, car ce sont des dîners fins ! »

Ainsi parlait le grand-père d'une voix acerbe, mordante, en me regardant du coin de son œil noir, et je frémissais ; je me disais qu'un être pareil méritait l'exécration du genre humain.

Or, il s'agissait maintenant de savoir si je voulais adopter la philosophie de ce monsieur.

Le cas était fort simple : accepter l'amour de Margueritte, chanter, rire, danser avec elle, la mener de temps en temps au Palais-Royal, sans m'inquiéter des pauvres vieux, et puis m'en aller aux vacances, en lui promettant de revenir, laissant, comme on dit, le soin à la société de tout ce qui pouvait en résulter ; car la société, chacun sait cela, est responsable de tout, les individus ne sont coupables de rien ; les pauvres enfants qui n'ont pas de père, qui souffrent de la faim et qui deviennent des misérables, doivent s'en plaindre à la société !

Voilà donc ce que je pouvais faire, c'était fort commode, et le monsieur de Sainte-Suzanne n'aurait pas agi autrement.

Ou bien je pouvais épouser la petite, renoncer à mes études, à mon avenir, et prendre à ma charge le père Bolivar et la mère Jacqueline.

Ayant toujours eu l'esprit assez net et ne chicanant jamais avec ma conscience, je me posais carrément l'alternative et je me disais :

« Choisis ! »

Dans l'indécision où j'étais, j'aurais bien fait de déguerpir, d'aller me fixer ailleurs et de ne plus jouer du cornet à piston pour charmer mes voisins.... Sans doute ! Mais cette idée de m'en aller me bouleversait les sens, je ne voulais pas.

La pensée me venait qu'un autre profiterait de l'occasion, que la petite me considérerait comme un imbécile, et qu'elle se donnerait par dépit au premier bon vivant qui se chargerait de la conduire à la *Chaumière*, un monsieur dans le genre de celui de Sainte-Suzanne, qui ne s'inquiéterait de rien et qui même, le cas échéant, n'en perdrait pas l'appétit.

Après avoir si bien commencé, cette aventure prenait des teintes sombres : c'est une des plus mauvaises nuits que j'aie passées ; et le lendemain, m'éveillant vers les neuf heures, j'eus à peine le temps d'arriver au cours de droit civil.

Le bon père Duranton, plein d'enthousiasme, expliquait justement le titre VII, *De la Paternité et de la Filiation* ; il avait déjà prisé la moitié de sa tabatière et répété plus de vingt fois, avec une jubilation profonde, que son opinion sur la matière faisait autorité à la Cour de cassation.

Je griffonnai quelques notes sur mon genou, mais j'avais l'esprit ailleurs.

Heureux les imbéciles qui ne s'inquiètent jamais de l'avenir! Heureux aussi les gueux qui se débarrassent sur la société du fardeau de toute responsabilité, toujours contents d'eux-mêmes, et que le monde respecte, honore, pourvu qu'ils aient de l'argent!

M. Poirier aurait dit qu'ils vivent comme des animaux; que leur âme immortelle en subit les conséquences; mais, comme ces gens ne croient pas à l'âme et qu'ils ont, en général, l'esprit très positif, les autres, à leurs yeux, jouent le rôle de dupes; et non seulement ils jouissent de toutes les satisfactions de la vie, mais ils ont encore le bonheur suprême de se croire des esprits supérieurs à tous les préjugés vulgaires.

IX

Je ne rêvais plus que de Marguerite: son image me suivait partout, aux cours, au restaurant, à la promenade; et quelques jours après notre rencontre, revenant un soir tout pensif de la bibliothèque Sainte-Geneviève, où j'allais rédiger mes notes, je la revis dans l'escalier, appuyée contre la rampe.

Elle m'attendait peut-être, — je n'en sais rien, — mais nous tombâmes dans les bras l'un de l'autre.

Elle sanglotait comme un enfant et je lui disais :

« Je t'aime! »

Nous ne pouvions nous séparer, quand un bruit se fit entendre dans leur mansarde; la mère Jacqueline disait :

« Marguerite ne revient pas; va donc voir, Bolivar! »

Aussitôt, s'essuyant les yeux et les joues, elle descendit deux étages en courant, et moi j'entrai dans ma chambre, plus amoureux que jamais

A partir de ce jour, chaque soir, à la même heure, nous nous rencontrions au même endroit et nous causions tout bas de notre bonheur, car nous nous trouvions bien heureux.

Cela durait depuis une semaine, lorsqu'un soir je crus entendre un léger bruit au-dessus de nous; ce bruit me fit tressaillir, je regardai : le haut de l'escalier se perdait dans l'ombre, il me sembla voir une figure se retirer de la rampe.

Marguerite aussi regardait, mais nous ne vîmes plus rien; le silence était absolu.

Cependant, notre émotion avait été telle, que nous nous séparâmes à l'instant; elle rentra dans leur mansarde en me serrant la main, et moi je rentrai dans ma chambre.

Je me couchai fort inquiet, soupçonnant le vieux Guignol d'avoir surpris nos rendez-vous; mais comme tout se taisait chez mes voisins, au bout d'une heure, croyant m'être trompé, j'éteignis ma lumière et je ne tardai pas à m'endormir.

Le lendemain, qui se trouvait être un dimanche, m'étant levé de bon matin, j'allais emboucher mon cornet à piston, pour jouer l'air de *Guido et Ginevra*, que Marguerite affectionnait, quand deux petits coups retentirent à ma porte.

Etonné d'une visite si matinale, je dis d'entrer, et M. Bolivar parut avec son grand chapeau, mais l'air si sérieux, qu'il n'eut pas besoin de m'expliquer l'objet de sa visite.

J'étais debout; machinalement je lui présentai une chaise; et lui, sans faire attention à ce mouvement, me dit d'un ton grave, qui m'émut profondément :

« Monsieur, je suis un vieux peintre; ma réputation n'a jamais été bien grande, mais je crois me connaître assez en physionomies. En vous voyant pour la première fois, j'ai pensé que vous étiez un brave garçon et que vous seriez plus tard un honnête homme. Et quand j'ai su que vous faisiez votre droit, je me suis dit que vous ne seriez jamais de ces étudiants qui, après avoir passé leur jeunesse à séduire de pauvres jeunes filles, à leur faire perdre l'habitude du travail, de l'ordre, de la bonne conduite, vont ensuite, comme magistrats, s'asseoir dans un tribunal, pour condamner, selon la loi, des voleuses, des infanticides et d'autres créatures perdues, sans penser à la cause de toutes ces misères et sans en prendre leur part de responsabilité. Voilà, monsieur, l'opinion que j'ai eue de vous.... Est-ce que je me suis trompé? »

Il me regardait en face, et sa figure avait pris un caractère de dignité qui m'étonnait. Je ne savais que répondre.

« Si j'étais dans une position plus heureuse, reprit-il, j'aurais changé de quartier... je ne serais pas venu vous voir... mais je ne peux pas partir en ce moment! Si vous êtes un honnête homme, vous savez ce que vous avez à faire. »

Il me salua et sortit.

Deux minutes après je faisais ma malle.

Je ne vous dirai pas les cruelles réflexions qui me passaient par la tête; j'éprouvais un serrement de cœur terrible à quitter Marguerite, sans la revoir au moins une fois et sans l'assurer de mon éternel amour... Oui !... mais les paroles du vieux me paraissaient si justes, et je me serais cru si lâche de ne pas répondre par ma conduite à l'opinion qu'il avait de moi, que je n'hésitai pas une seconde à la justifier.

Pendant que je pliais mes effets à la hâte, j'entendais mes voisins s'apprêter à partir, comme d'habitude.

« Allons, Marguerite, disait la mère Jacqueline, dépêchons-nous, il est déjà tard ! »

Et les petites bottines s'éloignaient, trottinant dans l'escalier; j'écoutais tout pâle, une main sur mon cœur; puis, le dernier bruit s'étant perdu dans le lointain, je m'assis un instant pour reprendre courage.

C'est pourtant un beau nom que celui d'honnête homme! M. Bolivar m'aurait donné tout autre titre, que je n'aurais pas obéi.

Enfin, la malle faite, j'allai chercher un commissionnaire.

M. Martin, le voyant monter puis redescendre avec moi, mon bagage sur l'épaule, me demanda si quelque nouvelle imprévue me forçait de retourner au pays ; je lui répondis que oui; et mon compte étant réglé, il n'eut plus qu'à me souhaiter bon voyage.

Le commissionnaire et moi nous descendîmes la vieille rue des Grès, regardant aux affiches : « Chambres garnies à louer. »

Au bout de vingt minutes, nous montions l'escalier à rampe de fer d'une vieille maison de la rue de la Harpe, près des Thermes de Julien, où je pris logement chez Mme veuve Auburtin, au premier.

Ma nouvelle chambre était mieux que l'autre; plus élevée; ses deux fenêtres donnaient sur la rue.

Je m'établis là, bien triste, avec la ferme résolution de ne plus revoir Marguerite, de ne plus songer à elle; mais son gracieux sourire ne pouvait me quitter.

Il m'arrivait même, en allant à mes cours, de croire la reconnaître de loin, à sa taille, à son port de tête, à sa jolie chevelure ; aussitôt mes jambes partaient toutes seules et, sans le vouloir, je courais pour la dépasser ; puis, reconnaissant mon erreur, je poursuivais mon chemin, la tête penchée et les yeux troubles.

Je ne l'ai jamais revue!

Vous connaissez maintenant mon premier amour. Je me le rappelle toujours avec attendrissement. Ce serait peut-être le souvenir le plus triste de ma vie, si je n'avais pas fait alors « mon devoir d'honnête homme ».

Et, pour le dire en passant, c'est à mon excellent grand-père que je dois de n'avoir aucun remords sur la conscience; c'est son histoire touchante et terrible du monsieur de Sainte-Suzanne qui me donna la force et le courage de briser des liens qui me tenaient au cœur et qui saignèrent longtemps après le devoir accompli. — Heureux ceux qui ne trouvent dans leurs familles que de bons exemples et des conseils vertueux !

X

Revenons à mes études.

Je n'avais pas cessé de suivre mes cours de droit; j'en suivais même d'autres à la Sorbonne, par goût, pour compléter mon instruction : celui de M. Patin, analysant quelques auteurs latins de la décadence; celui de M. Géruzez, sur les auteurs français du XVIe siècle, et celui de M. Damiron, traitant uniquement, cette année-là, de la philosophie de Bossuet.

Les cours de Michelet et de Quinet au Collège de France m'avaient vivement intéressé; ils étaient remplis d'allusions aux faits contemporains; mais à peine ces professeurs ouvraient-ils la bouche, que les applaudissements éclataient comme des tempêtes ; il fallait quelquefois dix minutes pour obtenir un peu de silence et leur permettre de recommencer.

A la fin de la leçon, vous n'aviez pas entendu quatre phrases intelligibles... C'était désolant!

Heureusement ils écrivaient : — ils écrivaient contre les jésuites !

C'est par l'horreur du jésuitisme que la Révolution, suspendue depuis Louis-Philippe, se remettait en mouvement; les jésuites eux-mêmes avaient recommencé l'attaque de nos institutions, ils venaient d'ouvrir de prétendues conférences religieuses, mais au fond politiques, dans la rue Jacob et d'autres endroits du quartier.

Leurs affidés, étudiants comme nous, venaient nous relancer jusqu'à l'École; ils emmenaient les bons enfants par bandes, absolument comme certains recruteurs attendent, aux débarcadères des chemins de fer, les émigrants pour l'Amérique et les emmènent à leurs auberges.

Oui, l'agitation prétendue religieuse recommençait; le grand agitateur de l'Irlande, O'Connell, *élève des Jésuites* de Saint-Omer, en avait donné le signal.

L'annonce alléchante était que l'Angleterre, en masse, allait se convertir; que la reine Victoria et quelques-uns des principaux lords, avaient déjà fait leur soumission à Rome, en secret, bien entendu.

La farce était grossière! Mais les jésuites, connaissant l'influence prodigieuse de l'exemple et sachant que les quatre-vingt-dix-neuf centièmes des individus ne se décident jamais à rien faire qu'en apprenant que d'autres ont ouvert la marche, venaient hardiment débiter ces bourdes horribles aux jeunes étudiants de première année.

On a dit aussi que M. de Montalembert, à la tête du parti, voulait réveiller l'attention publique, en vue des élections de 1846, et qu'il s'y prenait un an à l'avance, en fondant des conférences religieuses.

Enfin, les choses en étaient là pendant cet été de 1845.

L'approche des examens détournait alors mon attention de tout ce qui ne se rapportait pas au droit. Du reste, rien d'extraordinaire ne se produisit durant les dernières semaines de l'année scolaire. A la fin d'août, je passai avec succès mon premier examen de bachelier en droit, et, le soir du même jour, je faisais ma malle.

Quel bonheur de retourner dans son vieux nid... d'aller revoir ceux qu'on aime!... Avec quelle puissance ces souvenirs me reviennent!

Mais j'ai quitté Paris; nous avons traversé la Champagne et la Lorraine, et je revois, du haut de mon impériale, les vieux remparts de Sainte-Suzanne, ses casernes, son clocher surmonté d'un nid de cigognes.

La diligence entre dans les avancées de la place; elle franchit les ponts et s'engouffre sous la porte de Lorraine; elle roule sur le pavé sonore de la petite ville; les maisons défilent; les bonnes gens me reconnaissent, ils me saluent de leurs fenêtres et je réponds tout attendri.

Que l'air est vif sur ce haut plateau des Vosges! que la lumière est claire entre ces petites façades blanches et roses! et là-bas, que la verdure de la petite place des Acacias est brillante!

Il me semble déjà découvrir le grand-père sur le seuil de notre magasin.

Il m'attend le sourire aux lèvres; et la bonne vieille tante Clarisse, derrière lui, coiffée de son gros bonnet des dimanches, regarde par-dessus son épaule.

Ils ont reçu ma lettre le matin et savent que la diligence arrive à midi.

Enfin la voiture s'arrête devant l'auberge de la *Cigogne;* je descends comme un chat de ma banquette, laissant mon bagage à la porte des Messageries; je traverse la place en courant, le grand-père fait quelques pas à ma rencontre et nous sommes dans les bras l'un de l'autre.

« Ah! te voilà, dit-il d'une voix émue... Tu vas bien?

— Oui, grand-père, très bien. Et toi, tu n'as pas changé! Que je suis content de me retrouver ici! — Hé! tante Clarisse, vous ne m'embrassez pas?

— Oh! Lucien, vous êtes devenu si beau garçon, que je n'ose presque plus. »

Et l'on s'embrasse en riant; on entre dans la petite bibliothèque.

Le grand-père, toujours vif comme un jeune homme, me sourit, les yeux brillants de plaisir.

La tante Clarisse court à la cuisine faire les apprêts du déjeuner.

Le facteur arrive portant ma malle sur l'épaule; il monte dans ma chambre, et nous le suivons.

Il fallait se débarbouiller, après trente-six heures de voyage! Et, comme j'avais ouvert ma malle, allant, venant, arrangeant mes effets dans les armoires, le grand-père, tout en me parlant des dernières élections, en me racontant les manœuvres des réactionnaires, leurs promesses, leurs discours, leurs dîners, jetait un coup d'œil sur mes lettres, sur mes cartes de visites, car il était fort curieux et s'intéressait à toutes mes affaires petites et grandes.

Ma toilette était terminée et la tante Clarisse nous criait de l'escalier que le déjeuner était servi; nous allions descendre, lorsqu'une de mes cartes étonna le grand-père: celle que M. Rosereille m'avait remise un an avant, dans la cour des Messageries; elle était là, parmi bien d'autres, au fond de ma malle, et je n'y pensais plus.

« Rosereille! s'écria-t-il, chanoine promoteur à Beauvais! Où diable as-tu fait la connaissance de M. Rosereille, un père jésuite? »

Il était stupéfait.

Et, riant de sa surprise, je lui racontai la

façon gracieuse dont le révérend père m'avait prié d'aller le voir, les belles promesses qu'il m'avait faites au sujet de la chasse et des autres plaisirs qui m'attendaient à Beauvais.

« Ah! voyez-vous cela? disait le brave homme, sans me quitter de son regard malin; il voulait t'attirer là-bas et te présenter à M. l'abbé Feutrier! Mais sais-tu bien que c'est un grand bonheur pour toi, d'avoir été distingué par ce vieux renard? Il t'a jugé digne d'être embrigadé dans la confrérie. Hé! hé! nous sommes en passe, mon cher Lucien, de faire un joli mariage, d'obtenir de hautes protections, il ne nous faut pour cela qu'un peu d'humilité apparente, de la souplesse, un grand esprit de discipline et beaucoup d'hypocrisie!

— Et toi, tu connais donc M. Rosereille? lui dis-je à mon tour.

— Si je le connais!... parfaitement... Mais c'est toute une histoire. Me voilà débarbouillé, descendons; le déjeuner nous attend, je vais te raconter cela tranquillement, entre la poire et le fromage.

Nous descendîmes.

La table était mise, la grosse carafe étincelait sur la nappe blanche; la bouteille de Lironcourt, la galantine de volaille, me rappelaient les bons dimanches d'autrefois; et le grand-père, après le premier coup de dent, commença son histoire :

« Dans ce temps-là, dit-il, en 1829, M. Lèthe, notre ancien curé constitutionnel, vint à mourir.

« C'était un brave et digne homme, que je connaissais depuis mon établissement à Sainte-Suzanne.

« Il avait jadis prêté serment à la constitution civile du clergé, décrétée par l'Assemblée nationale, acceptée par Louis XVI et par une foule d'honorables ecclésiastiques.

« D'autres avaient refusé le serment. Le clergé s'était divisé sur cette question; mais le Concordat de 1801 ayant mis un terme à toutes ces divisions, ce n'était plus un sujet de reproche que l'on pût faire aux prêtres assermentés, l'éponge avait passé sur tout cela.

« Cependant, le retour des Bourbons, au lieu de ramener chez nous la concorde, comme on le prétend quelquefois, avait fait mettre les bons vieux curés à l'index. On ne pouvait pas les destituer, tous les curés de chefs-lieux de canton, d'après le Concordat même, étant inamovibles, mais on leur imputait à crime de s'être soumis aux lois de leur pays, plutôt qu'aux ordres de Rome.

« Pie VII avait rétabli l'ordre des Jésuites par sa bulle « *Sollicitudo omnium* », et notre pauvre curé Lèthe faisait amende honorable tous les ans, à la date du 21 janvier, jour anniversaire de la mort du roi, pour le serment qu'il avait prêté.

« Il prononçait son *mea culpa* du haut de la chaire, en se frappant la poitrine et s'humiliant aux yeux de la paroisse d'une façon déplorable.

« Cela nous montre, mon cher Lucien, que l'oubli des injures, recommandé par le Christ, n'est pas précisément la vertu dominante de certains chrétiens qui se prétendent orthodoxes.

« Enfin, après avoir bu son calice, notre bon curé venait de mourir, regretté de tous les honnêtes gens du pays. Son enterrement devait attirer en ville toutes les populations environnantes, et l'on apprit que Mgr Forbin-Janson officierait lui-même et prononcerait un discours de circonstance.

« La réputation de Forbin-Janson, comme orateur, était grande, en ma qualité de conseiller municipal, faisant partie du cortège, j'étais sûr d'être à portée de le bien entendre, et je m'en réjouissais.

« L'affluence des villageois fut immense, car on se trouvait en automne, après les récoltes; il fallait remonter jusqu'à l'époque de Napoléon allant en campagne, pour s'en rappeler de pareilles.

« Le pauvre M. Lèthe, selon l'antique cérémonial, fut porté, découvert dans son cercueil, de la maison de cure à l'église, où l'on célébra l'office des morts avec une pompe extraordinaire; tous les curés des environs remplissaient le chœur; et les chantres, avec la musique du régiment, accompagnaient la messe aux orgues.

« L'office terminé, le convoi se remit en marche, entre une double haie de troupes, pour se rendre au cimetière.

« Monseigneur, entouré de son clergé, suivait le cercueil; puis venaient le conseil municipal et différentes députations de la place.

« Le cimetière était tellement encombré de monde, que si la haie des soldats ne s'était pas prolongée jusqu'à la tombe, nous n'aurions pas pu nous en approcher.

« Cela venait après les missions : les prédications avaient ressuscité la foi dans les âmes engourdies; l'armée et généralement toutes les administrations étaient aux ordres du clergé.

« Le pauvre Charles X avait tant de péchés

Le convoi se remit en marche. (Page 39.)

de jeunesse à se faire pardonner, que toute la nation devait faire pénitence avec lui et pour lui; les cloches sonnaient du matin au soir; on célébrait les dimanches et l'on se confessait par ordre.

« Pour tous ceux qui prétendaient à quelque avancement, c'était le cas de dire : « Hors la foi, point de salut. »

« Aussi la foi n'avait jamais été si grande.

« Nous arrivons donc près de la fosse, et l'on se distribue autour : le clergé d'un côté, les autorités civiles et militaires de l'autre.

« On chante les prières solennelles du *Miserere*, puis Mgr Forbin-Janson s'avance près du cercueil et prend la parole.

« Nous étions en face l'un de l'autre, à dix pas au plus; il jouissait d'un aussi beau nez que le mien, de sorte que l'on pouvait dire que nous étions bec à bec, la tombe entre nous.

« Il parlait très bien, d'une voix claire; le silence de la foule était profond.

« On devait entendre sa parole jusqu'aux derniers rangs de cette multitude, que j'estime avoir été de quinze à vingt mille âmes, car elle s'étendait au loin sur la route; elle couvrait les haies, les champs, les sentiers à perte de vue; c'était vraiment un spectacle imposant, du haut de ce tas de terre jaune où je me trouvais debout, dominant les têtes.

« L'évêque, en quelques mots, retraça l'existence orageuse de M. Lèthe, les circonstances dramatiques de l'époque qu'il avait

Je restai seul debout en face de Forbin-Janson. (Page 41.)

traversée, et rappela la faiblesse qu'il avait eue de prêter serment aux puissances de la terre, au lieu d'écouter la voix qui lui criait des cieux : « Refuse... on ne se courbe que devant Dieu ! »

« C'était fort bien ; seulement, la plupart de ceux qui se trouvaient là se courbaient journellement devant d'autres puissances que celle de l'Être suprême. Je fis cette réflexion, qui, je crois, était juste.

« Après cet exposé, Forbin-Janson dit que la miséricorde de l'Éternel est infinie comme sa puissance, et que son pardon s'étend à toutes les faiblesses ; mais que le faible, le coupable, ne peut pas s'asseoir à sa droite ; que le ciel lui est fermé jusqu'à l'expiation de ses fautes.

« De là il établit la théorie du purgatoire, contrairement à la doctrine des hérétiques, qui ne reconnaissent que le ciel et l'enfer.

« Il développa cette thèse longuement, avec éloquence ; puis, d'une voix puissante, il s'écria :

« — Que ceux qui sont touchés de ma parole, que tous les fidèles émus par ma foi s'agenouillent et prient avec moi, pour appeler la miséricorde du Seigneur sur cette âme un instant égarée. »

« Et, dans la même seconde, tous ces milliers d'êtres s'agenouillèrent : on aurait dit un coup de vent qui fait courber les blés. Je restai seul debout en face de Forbin-Janson, qui me regarda jusqu'au fond de l'âme.

« Je le regardais aussi, en pensant :

« Si tu m'apostrophes, je vais faire l'éloge de mon vieil ami le curé Lèthe; je vais glorifier son dévouement et sa soumission à la patrie, et je vais envoyer son âme directement au ciel, en récompense de ses vertus.

« Il devina sans doute mes intentions à mon regard, et, au bout d'une demi-minute, élevant les mains aux cieux, il dit :

« — Oh ! mon Dieu, je vous remercie d'avoir touché ces âmes de votre grâce; je vous remercie d'avoir permis que dans cette multitude, un si petit nombre échappe à votre sainte bénédiction. »

« Alors, jetant un rapide coup d'œil autour de moi, je vis dans la foule le notaire Eschbach, le père du professeur Eschbach, de Strasbourg, qui n'avait pas fléchi le genou devant cet homme. Nous échangeâmes un sourire.

« Tous les autres : maires, adjoints, officiers de tous grades, et le rabbin lui-même, oui, le vieux rabbin Sichel, mon voisin, et son grand sacrificateur Elias, venus là par curiosité, je les vis tous à genoux, humiliés; et je compris l'orgueil de cette puissance commandant d'un mot à la multitude et la courbant à ses pieds, dans la poussière.

« Après la prière de l'évêque, la foule, se relevant, commença par s'écouler du cimetière et des environs sur la grand'route, et, au bout d'un quart d'heure, nous pûmes aussi nous remettre en chemin pour la ville.

« Une circonstance comique, qui me revient en ce moment, c'est que, trouvant en route mon vieil ami le rabbin Sichel, j'allais le railler de sa génuflexion, lorsqu'il me prévint, en s'écriant :

« — Lebigre, je t'avais toujours considéré jusqu'à présent comme un homme raisonnable, mais l'imprudence que tu viens de commettre aujourd'hui me fait changer d'opinion à ton égard. Quelle imprudence!... quelle imprudence tu viens de commettre! Au moindre signe de l'évêque, tout ce tas d'imbéciles, d'êtres stupides et féroces, seraient tombés sur toi et t'auraient mis en pièces. Et tu n'as pas vu cela!

« — C'est bon, lui répondis-je en souriant, tu m'attaques pour n'avoir pas à te défendre. Comment, toi!... toi, Sichel, le plus respectable des rabbins que je connaisse, au lieu de te redresser sous la protection de ton dieu Jéhovah, tu le courbes, tu l'humilies dans ta personne et tu lui fais donner du nez en terre aux pieds de cet évêque? Tu n'es pas honteux, tu ne comprends pas ton indignité dans cette circonstance?

« — Allons donc! fit-il en haussant les épaules, allons donc!... Nathel Sichel peut se courber tant qu'il voudra, Jéhovah reste debout. Qu'est-ce qu'une poussière, un pauvre roseau tel que moi, peut faire au Dieu d'Israel? Ah! Nathel Sichel n'est pas assez fou, assez insolent, pour dire et penser qu'il représente l'Éternel Sache bien, Lebigre, que l'orgueil ne fait pas la grandeur, d'un souffle, Jéhovah balayerait tous les évêques du monde. »

« Mais comme la foule nous suivait de près sous les portes de la ville, se retournant à ces mots, le vieux rabbin frémit de ce qu'il venait de dire et murmura :

« — Je deviens fou comme toi! Si par malheur quelques-uns de ces fanatiques nous avaient entendus, Dieu sait ce qu'ils feraient de nous! »

« Mais j'oublie de te dire comment la connaissance de M. Rosereille, secrétaire de Forbin-Janson, se rattache à mon histoire.

« Le lendemain, j'étais dans ma boutique à débiter mes livres, lorsque M. Rosereille entre et me demande quelques ouvrages de piété, qu'il examine scrupuleusement, et tout à coup, relevant la tête, il me dit :

« — Vous vendez des livres de piété, monsieur, et vous ne croyez à rien? »

« Son apostrophe m'interloqua une seconde, puis je lui dis :

« — Comment, je ne crois à rien! Je crois d'abord au bon sens, je crois à la raison, je crois aussi qu'il existe des impertinents de toute espèce.

« — Vous ne croyez pas en Dieu, fit-il avec arrogance. »

« La colère me gagnait.

« — Je crois qu'il existe un Être suprême, monsieur, lui dis-je, mais je ne comprends pas l'infini, et vous ne le comprenez pas non plus. »

« Et voyant qu'il voulait engager une discussion devant plusieurs personnes, qui pouvaient mal interpréter mes paroles, je lui dis, en me retournant et prenant dans les rayons un volume du *Dictionnaire philosophique* de Voltaire :

« — Tenez, monsieur, lisez cela, c'est mon bréviaire; vous comprendrez ce que je crois et ce que je ne crois pas, après avoir lu ça; toutes les autres explications que je pourrais vous donner seraient inutiles.

« — Fort bien, fit-il après avoir lu le titre, je m'en doutais! »

« Il sortit, pour se rendre directement au collège.

« On approchait de la fin des vacances; j'avais fait venir un bon nombre de livres classiques pour la rentrée des classes. Eh bien, tous ces livres, ces rudiments, ces exercices de grammaire me restèrent, parce que M. le principal en demanda d'autres : c'était une perte sèche de quelques cents francs qu'il me faisait subir.

« Bientôt après le bruit courut qu'un libraire allait s'établir à Sainte-Suzanne, avec la recommandation spéciale de Monseigneur, et que lui seul vendrait des livres de piété autorisés.

« Je fus attaqué dans mes moyens d'existence. Et si les événements de Juillet n'étaient pas survenus, si les hommes de mon opinion, menacés comme moi, n'avaient pas serré les rangs pour bousculer les autres et les faire rentrer sous terre, je ne sais pas ce qui pouvait m'advenir encore.

« Voilà comment j'appris à connaître le jésuite Rosereille. »

Le grand-père, à soixante-treize ans, n'avait rien perdu de sa verve caustique ni de sa mémoire.

« Maintenant, disait-il, l'élection de Pie IX a dispersé les jésuites; ce pape, nommé par l'influence de la France, n'est pas leur créature; ils se sont retirés à Lyon, leur place forte; ils rêvent, ils méditent, ils combinent.

« D'autres, après une défaite, payent les frais de la guerre en hommes, en canons, en argent, en territoire; mais eux, ils se retirent tranquillement, personne ne les inquiète, on ne leur applique même pas les lois anciennes qui les proscrivent, on est trop heureux d'être délivré de leurs attaques, de respirer quelque temps, et tout en reste là, jusqu'à ce qu'ils trouvent une occasion favorable de tout soulever et troubler.

« Ce n'est pas un petit avantage d'appartenir à une association privilégiée, où tout est à gagner par l'agression et rien à perdre dans la déroute, mais si cette association se maintient chez nous, c'est à la faiblesse et à la lâcheté des gouvernants qu'elle le doit.

« Depuis la mort du duc d'Orléans, les jésuites se sont emparés de l'esprit de la reine Marie-Amélie; la pauvre femme croit que cette mort est la punition des mariages hérétiques contractés par sa famille; elle pleure, elle se désole, elle donnerait tout pour sauver au moins l'âme de son fils; et naturellement les révérends pères profitent de ces heureuses dispositions, absolument comme ils profitèrent des craintes superstitieuses de Marie de Médicis, après l'assassinat de Henri IV, pour obtenir d'elle l'autorisation « *de professer publiquement en théologie et en toutes sortes de sciences,* » puis d'être agrégés à l'Université; bientôt après, cela ne leur suffisait plus, ils prétendirent conférer eux-mêmes directement les grades universitaires, c'est-à-dire introduire dans ce corps des éléments de dissolution, pour ensuite le remplacer.

« L'Université, menacée d'être mise à la porte de chez elle par ces intrus, se révolta; le Parlement, avant tout français et gallican, condamna les livres des bons pères; la cour, inquiète elle-même des envahissements d'une puissance étrangère, applaudit, et les jésuites, exaspérés de ce qu'on ne leur laissait pas *violer l'esprit national*, prêchèrent alors ouvertement : « *Qu'il est loisible de déposer les rois qui ne remplissent pas leurs devoirs!* En d'autres termes, qui n'obéissent pas aux jésuites, qui ne leur livrent pas la jeunesse.

« J'ai vu ces gens à l'œuvre : tantôt ils paraissaient sommeiller, tantôt leur audace et leur insolence ne connaissaient plus de bornes.

— Crois-tu, grand-père, lui dis-je, qu'ils osent se remettre en campagne avant dix ans, sous un pape aussi libéral que Pie IX?

— Je crois, fit-il, que si le nouveau pape marche à l'encontre des jésuites, il sera frappé subitement par la main de Dieu. »

Et comme je me récriais :

« Oui, fit-il, en aspirant une bonne prise, par la main de Dieu!.. Lorsqu'en 1769 les ambassadeurs de France et d'Espagne présentèrent à Clément XIII la demande formelle d'abolir l'ordre de Jésus, le vieux pontife, forcé de céder, mourut dans la nuit même qui précédait le consistoire où devait se traiter la question.

« *Dieu l'avait frappé pour son défaut d'énergie.*

« Les jésuites alors firent l'impossible pour enlever l'élection d'un pape à leur dévotion, mais ils échouèrent, et Vincent Ganganelli, par notre influence, fut nommé; il prit le nom de Clément XIV.

« A peine établi, la terrible affaire des jésuites se représenta; longtemps elle resta sur le tapis; le malheureux pape tremblait de l'aborder; il reculait d'année en année sous mille prétextes.

« Mais enfin, sommé par Charles III d'Espagne et Louis XV, il ne put reculer davantage, et signa la fameuse bulle d'abolition de l'ordre des jésuites, le 21 juillet 1773, en disant : « Je fais mon devoir... mais cette suppression me donnera la mort! »

« Or, Clément V et Philippe le Bel, après avoir supprimé l'ordre des Templiers, étaient morts dans l'année, pour comparaître au tribunal de Dieu; Clément XIV devait aussi mourir dans l'année, pour rendre compte à l'Éternel de l'attentat qu'il venait de commettre contre les jésuites.

« Ces assignations à bref délai frappent l'imagination des peuples; ils voient que Dieu venge immédiatement ses serviteurs.

« Aussi, dès la semaine sainte qui suivit sa bulle, le pape se sentit atteint subitement d'une commotion profonde, un froid glacial l'envahit, la main de Dieu était sur lui!

« Sa raison s'égara, et le pauvre homme mourut en 1774.

— C'était un hasard, » dis-je au grand-père.

Mais, sans m'écouter, il poursuivit :

« Notre ambassadeur à Rome, le cardinal de Bernis, écrivit alors :

« Le genre de la maladie du pape et surtout les circonstances de sa mort font croire communément qu'elle n'a pas été naturelle. »

Dans une lettre ultérieure, il ajoutait :

« Les circonstances qui ont précédé, accompagné et suivi la mort du dernier pape excitent à la fois l'horreur et la compassion. »

« Ces écrits du cardinal de Bernis, déposés au ministère des affaires étrangères, comme toutes les pièces diplomatiques, disparurent bientôt des archives, et puis on les déclara tout bonnement apocryphes. Mais ils avaient été publiés avant leur disparition et le cardinal de Bernis n'avait pas réclamé. »

Le grand-père se tut quelques instants pour me laisser réfléchir.

« Tu vois, Lucien, reprit-il, que si le pape Pie IX est prudent, il ne poussera pas trop loin ses réformes. Et si Rossi, notre ministre plénipotentiaire à Rome, l'engage, comme on le prétend, à fonder un gouvernement constitutionnel dans les États de l'Église et que ses avis soient goûtés du Saint-Père, alors qu'ils redoutent tous les deux la main de Dieu. Quiconque attaque directement ou indirectement la puissance des jésuites est un ennemi de Dieu, un empoisonneur; et s'il en vaut la peine, tôt ou tard il éprouve des commotions comme Clément XIV[1]; ce sont des avertissements salutaires pour les autres.

— Ah! grand-père, m'écriai-je, tu vas trop loin, ce n'est pas possible. »

Et lui, haussant les épaules, me répondit :

« Enfant, tu ne connais pas les grandes passions humaines et je t'en félicite; tu ne sais pas à quelles extrémités peuvent nous porter la cupidité, l'orgueil, l'esprit de domination qui s'abritent derrière le nom et l'autorité de Dieu! Une fois cette barrière de la crainte et du respect de Dieu franchie, on ne recule devant rien, car on ne croit plus à rien; on se rit des scrupules! On dit que le matérialisme fait des progrès dans le peuple; le fait est évident, incontestable, mais à qui la faute?

« Ce n'est pas d'aujourd'hui que les jésuites sont matérialistes; ils l'étaient dès leur origine, et tout en prêchant le spiritualisme, la crainte des peines futures aux autres, pour les dominer et les exploiter, ils ne croyaient qu'à la matière, à la force, à la ruse, à la fortune, au succès, tous leurs actes le prouvent.

« Jamais ils n'ont reculé devant un moyen quelconque pour atteindre à un résultat favorable à leur ordre; de leurs principes matérialistes ils déduisent hardiment toutes les conséquences. De là leur audace, de là leur morale relâchée, de là leur axiome : « La fin justifie les moyens! » *De là leur influence dans les affaires de ce monde terrestre.*

« Les jésuites ont eu, avant le XVIIIe siècle, avant Voltaire et les encyclopédistes, ils ont eu 24 maisons professes, 669 collèges, 176 séminaires, 61 noviciats, 335 résidences, 273 missions chez les infidèles et chez les protestants. L'ordre se composait de 22,589 membres, dont la moitié avait reçu l'ordre de la prêtrise. »

Le grand-père venait d'ouvrir le *Dictionnaire encyclopédique* et me lisait les chiffres.

« Leur orgueil n'avait plus de frein, quand ils furent bannis du Portugal, en 1759; de la France, en 1764; de l'Espagne et de Naples, en 1767; et qu'enfin Clément XIV, forcé par la clameur universelle et par les réclamations instantes des princes, bien décidés à rester maîtres chez eux, supprima l'ordre par la bulle : « *Dominus ad Redemptor noster,* » ce qui lui coûta la vie.

« Les révérends pères voudraient ressaisir ce qu'ils ont perdu, mais les circonstances sont bien changées; maintenant que le matérialisme fait école, grâce à leur politique, maintenant qu'on les a jugés par leurs actes, selon le principe : « *Acta non verba* », ils se trouvent en face de gens peu timorés, qui les

1. Rossi (Pellegrino), devenu ministre d'État du pape Pie IX, après les événements de février 1848, fut poignardé par un inconnu à Rome, le 15 novembre 1848. Le pape n'ordonna point d'enquête au sujet de ce crime.

connaissent à fond et les attendent avec calme, prêts à pousser la lutte jusqu'aux dernières extrémités; s'ils l'engagent, et à les balayer pour mettre fin à ce long abus de confiance, dont notre malheureux pays souffre, et qui a déjà fait la perte de tant d'autres nations. »

Un sentiment d'horreur m'avait saisi, et, me sentant incapable de ramener le grand-père à des appréciations plus modérées, j'en restai là de notre discussion.

XI

Pendant mon absence, la bonne petite ville de Sainte-Suzanne avait été fort agitée. A la suite des *Mysteres de Paris* était venu le *Juif errant*, que les curés avaient condamné en chaire, et, malgré cette interdiction, tout le monde s'était mis à le lire.

Le grand-père, pendant cinq mois, avait eu quinze exemplaires de ce roman toujours en route; à peine un volume rentrait-il à la bibliothèque, qu'il était demandé par dix abonnés à la fois.

Un grand nombre d'exemplaires illustrés s'étaient aussi vendus; et, après cette fureur, la discorde régnait partout : on ne voyait plus que des jésuites à tous les coins de rue!

Toutes les anciennes autorités, destituées après la chute de Charles X : l'ancien maire, M. Jubinal, son adjoint M. Fariat, tous les membres de la fabrique et leurs dames, qui vivaient à part et ne fréquentaient que leur monde; ceux qu'on appelait les gentilshommes, bourgeois, chevaliers de Saint-Louis et de l'ordre de Malte, tous, sans exception, passaient pour être de la Compagnie de Jésus!

Et l'on se disait :

« Voyez, là-bas, Rodin qui passe!... Voyez Mme de Saint-Dizier qui va faire sa visite au vicomte d'Aigrigny!... La vieille Françoise Baudouin attend son tour au confessionnal de l'abbé Dubois!... Caboche a déjà fait son rapport ce matin!... »

Ainsi de suite!

C'était scandaleux.

Bientôt, par l'indiscrétion de M. Fariat, on apprit que le parti légitimiste avait député quelques-uns de ces gens à Belgrave-Square, pour offrir ses hommages respectueux au rejeton des Fleurs-de-lys, qui se trouvait alors en Angleterre, et qu'après avoir vu le jeune prince, ils étaient revenus consternés; que M. Berryer lui-même s'était écrié :

« Le pauvre enfant, comme on nous l'élève! Il vit au seizième siècle. M. le duc de Damas assume une grande responsabilité. Notre prince ne voit flotter que le drapeau blanc immaculé; il n'a qu'un cri : Montjoye et Saint-Denis!... » C'est touchant... mais en vérité c'est trop beau!

Le grand-père, à ces nouvelles, absorbant une bonne prise, disait gravement :

« Je m'en doutais!... Quand on oublie de remonter l'horloge, elle s'arrête; celle de Versailles marque encore l'heure de la mort de Louis XIV; il doit en être de même à Goritz, à moins qu'on n'ait reculé la touche jusqu'à Hugues-Capet, ce qui ne m'étonnerait pas; les jésuites élèvent ce jeune prince à leur manière, et ces gens-là sont capables de tout! Moi, si j'étais à leur place, je reculerais jusqu'à Dagobert; plus les choses sont vieilles, plus elles sont nobles et respectables! Chaque fois que j'entends jouer l'air « du bon roi », le soir, sur le cor de chasse, j'en deviens tout mélancolique, ceux de Goritz doivent en sangloter!

« Ah! le bon vieux temps de l'Inquisition, de la Saint-Barthélemy, des Dragonnades! que les jésuites seraient heureux s'ils pouvaient nous le ramener!.. Comme ils se vengeraient! Malheureusement, ce n'est pas facile de faire marcher le soleil, la lune, les étoiles, les idées, les intérêts et toutes les horloges de l'univers à rebours .. Non! ce n'est pas facile du tout! »

Vers la même époque M. le curé Blanchard étant mort, il avait été remplacé par M. de Pierreville, jeune prêtre, grand, pâle, sec, austère, qui ne regardait jamais les gens en face et les observait en passant du coin de l'œil, sans lever son tricorne lorsqu'on le saluait.

Toutes les vieilles édentées, et les jeunes de trente-cinq à quarante ans menacées de coiffer Sainte-Catherine, étaient en admiration devant ce jeune homme.

On ne parlait plus que de M. le curé de Pierreville. La tante Clarisse s'extasiait sur son éloquence. Le grand-père n'eut pas besoin de le voir passer deux fois pour le prendre en grippe.

« Celui-là, se dit-il, nous vient directement de Fribourg ou de Montrouge; c'est un jésuite dans toute la force du terme. La paisible administration de M. le curé Blanchard et du vieux curé Lèthe a laissé se glisser au milieu de nous une certaine bonhomie chrétienne, les ressorts du fanatisme se sont relâchés et les révérends pères ont jugé qu'il était temps de remonter tout cela. M. de Pierreville a des instructions spéciales; nous allons le voir bientôt à l'œuvre. »

Il ne se trompait point; au bout de quelque temps, sans bruit, sans raison apparente, tout paraissait changé, une sorte de contrainte régnait partout : le confessionnal ne désemplissait plus! La bonne tante Clarisse, autrefois si gaie, était devenue triste, préoccupée; elle baissait les yeux devant son frère.

Bientôt, dans toute la petite ville de Sainte-Suzanne, il fut question de remarier à l'église les vieilles gens qui jadis, du temps de la République, s'étaient contentés d'aller à l'Hôtel de Ville.

Quelques-uns de ces vieux, inscrits à la bourse des pauvres, consentirent d'autant plus volontiers, que cela se faisait au petit jour, avant la messe. Mais d'autres, un peu plus à l'aise, s'indignèrent de la proposition, disant que leur mariage à la mairie suffisait, que leurs enfants étaient aussi légitimes et jouissaient des mêmes droits que les autres.

Le vieux capitaine Chaussetier, ancien brave de l'Empire, criblé de blessures et décoré de la Légion d'honneur, étant mort sans avoir voulu recevoir les derniers sacrements, M. de Pierreville refusa de l'enterrer.

Ainsi de jour en jour la division se mettait entre les braves gens!

« Tu vois, me disait le grand-père, après m'avoir raconté toutes ces choses, voilà ce qu'on appelle l'établissement de la paix, de la concorde entre les citoyens. Quelques centaines d'intrigants pareils dans un pays suffisent pour tout bouleverser de fond en comble et rompre les liens de la famille. Et penser qu'on tolère ces abominations, penser qu'on paye grassement des jésuites pour faire cette besogne! »

Ce qui l'indignait le plus, c'était de voir la tante Clarisse tout quitter brusquement au magasin pour courir à l'église; l'orage s'amoncelait; mais le grand-père, doué d'une grande force de caractère, savait se contenir, et, jusque vers la fin des vacances, il ne fit aucun reproche à sa sœur.

L'explosion de sa colère devait être amenée par l'apparition à Sainte-Suzanne d'un phénomène curieux, qui mit toute la ville en émoi, je parle de la planchette à Esprits.

Les bonnes gens de chez nous ne s'étaient pas beaucoup occupés des tables tournantes l'année précédente, car une table qui tourne lorsqu'on la pousse est un phénomène assez vulgaire, et les tables qui frappent, lorsqu'on appuie les mains sur un des coins pour soulever l'autre et le laisser retomber, n'offrent pas non plus un grand intérêt.

Quelques personnes désœuvrées s'étaient livrées à ces exercices par distraction; mais, voyant que chacun pouvait y réussir, on n'y pensait déjà plus, lorsque Jean-Pierre Legris, forgeron à la porte de Lorraine, parti cinq ans avant pour aller chercher fortune en Amérique, ayant appris que son père venait de mourir, revint occuper sa forge.

Legris rapportait de Philadelphie la fameuse planchette aux Esprits, munie à l'un de ses bouts d'un crayon qui traçait des caractères lisibles sur une feuille de papier, par l'imposition des mains, et rendait ainsi des oracles.

A cette nouvelle, toutes les personnes instruites de Sainte-Suzanne : le commandant de place, le maire, les notaires, le percepteur, les conseillers municipaux, bref, tous les notables, accompagnés de leurs dames et de leurs demoiselles, se rendirent en procession à la forge de Legris, pour interroger Moïse, Socrate, Alexandre, César, Voltaire, Napoléon, qui se faisaient un véritable plaisir d'accourir et de répondre aux questions qu'on leur posait.

Tous les soirs, de huit à dix heures, la forge était encombrée de monde; et les réponses des esprits se colportaient en ville; on leur trouvait une profondeur inouïe.

Le grand-père, sur le seuil de sa librairie, voyant des gens courir à la forge, en devenait tout mélancolique.

« Tous les jours, disait-il, on découvre de plus en plus la profondeur de la bêtise humaine. Faut-il s'étonner, lorsqu'on voit tant de personnes instruites aller interroger un morceau de bois sur les mystères de la nature, que du temps des Grecs et des Romains, on ait cru à la sagesse des poules et des oies? Faut-il s'étonner que les Égyptiens aient adoré des vaches, des chats et des crocodiles? Dieu du ciel, où donc en sommes-nous! Les adorateurs du dieu soleil n'étaient-ils pas des génies auprès de pareils imbéciles? »

Cependant, son scepticisme à l'endroit des planchettes devait être mis à une singulière épreuve.

Un matin, Jean-Pierre Legris étant venu chercher trois ou quatre rouleaux de papier pour sa planchette, le grand-père saisit l'occasion de lui parler des esprits.

C'était un bon gros homme, aux mains rudes, à la figure sérieuse, entourée de gros favoris noirs coupés en brosse, et qui se promenait en ville pour ses affaires, en bras de chemise, les manches retroussées jusqu'aux coudes et le tablier de cuir sur les genoux.

On ne pouvait supposer la moindre supercherie de sa part.

« Ah! çà, Legris, lui dit le grand-père, qui le connaissait depuis son enfance, qu'est-ce que c'est donc que cette planchette dont tout le monde parle et ces esprits qu'on interroge chez vous?

— Ma foi, répondit le forgeron, je n'en sais rien moi-même; chaque fois que je pose les mains dessus, je me dis : « Ça marchera-t-il ou ça ne marchera-t-il pas? » Et quand ça marche, je me demande encore : « Est-ce que ce n'est pas toi qui la fais aller sans le savoir? » C'est étonnant, monsieur Lebigre, je n'y comprends rien.

— Mais d'où la tenez-vous?

— Je l'ai fabriquée moi-même, sur le modèle de celles que j'avais vues à Philadelphie, il y a six mois, avant de revenir.

« Là-bas, tout le pays avait de ces planchettes, et le soir on les faisait aller pour s'amuser.

« J'étais forgeron dans une ferme aux environs de la ville et, après souper, on se mettait à ça. C'était notre passe-temps; les filles se faisaient dire leur bonne aventure, et le maître de la maison, qui s'appelait Youdman Youde, l'interrogeait sur les chances des candidats aux prochaines élections. Enfin chacun lui demandait ce qu'il voulait; la fille de la maison, Henriette, avait le fluide.

— Alors vous avez aussi le fluide, Legris?

— Oui, monsieur Lebigre.

— Et moi?

— Il faudrait essayer; peut-être que vous l'avez.

— Eh bien, dit le grand-père en riant, nous essayerons. Quand faudra-t-il venir?

— Quand vous voudrez; venez ce soir si vous voulez; je vous ferai passer en première ligne, comme une ancienne connaissance.

— C'est bien, je viendrai ce soir avec Clarisse et mon petit-fils; nous regarderons ça. »

Le forgeron partit, et son air de bonne foi n'avait pas laissé de me toucher.

« Dans tous les cas, me disais-je, s'il nous trompe, il n'aura pas voulu nous tromper. »

Je me promettais de bien regarder.

Quant au grand-père, il souriait et disait qu'il faut s'amuser à tout âge, et que, faute de spectacles à Sainte-Suzanne, nous aurions celui-là.

Le soir donc, après souper, vers huit heures, on se mit en route.

La forge brillait dans la nuit.

En arrivant, nous trouvâmes Legris devant sa porte, qui ferrait un cheval de roulier; dans sa masure, cinq ou six voisins attendaient qu'il eût fini, pour commencer la représentation.

« Entrez... entrez! nous dit le forgeron; vous arrivez bien, il n'y a pas encore de monde; mais j'ai promis à Mme Poulard de commencer par elle, et ensuite ce sera vous. »

Mme Poulard était la femme du boulanger voisin, une grosse mère réjouie; elle attendait avec ses deux filles.

Nous regardâmes Legris chauffer son fer, le forger, l'appliquer sur la corne, l'éteindre et le clouer, sans se presser.

Dans l'intervalle arrivèrent d'autres personnages : M. Frusque, secrétaire de la mairie; M. le juge de paix Lagasse, ayant au bras sa dame.

On se salua.

Tous ces gens semblaient fort sérieux.

Enfin Legris, ayant terminé sa besogne, se lava les mains au cuveau, se les essuya derrière la porte au torchon et nous dit d'un ton joyeux :

« Maintenant, messieurs, mesdames, nous allons commencer. Entrez; la table est déjà prête. Catherine, allume la chandelle!

— Mais tu vois bien que j'ai l'enfant sur le bras.

— Bon, bon; j'y vais moi-même. »

Nous entrâmes au fond du taudis, comme la chandelle s'allumait; nous vîmes à droite du réduit, dans l'ombre, deux enfants dans un berceau d'osier; la femme, qui donnait le sein à un autre en rechignant, fort ennuyée de voir tant de monde encombrer tous les soirs la baraque; un petit chien noir qui grognait, et la table de sapin, où se trouvait déjà la planchette, sur un rouleau de papier dont l'un des bouts tombait à terre.

Legris s'assit sur un escabeau et dit en posant ses grosses mains sur la planchette :

« Madame Poulard, c'est vous qui passez la première Vous n'avez qu'à demander l'âme de qui vous voudrez, pourvu que ce soit d'une personne morte; elle viendra tout de suite.

A ces mots, la femme du boulanger frémit;

Le grand-père en devenait tout mélancolique. (Page 46.)

elle croyait sans doute que l'âme allait lui apparaître.

« Oh! fit-elle, je ne suis pas venue pour voir l'âme d'un mort... non! j'aime mieux m'en aller.

— Mais vous avez tort! Elle ne vous fera pas de mal.

— Non! non! j'aime mieux sortir.

— Attendez donc... tenez, voilà déjà que la planchette marche. Qu'est-ce que vous voulez savoir? »

Mme Poulard, qui s'éloignait, voyant que l'âme répondait par la planchette, sans apparaître en personne, revint et dit :

« Ah! je voudrais savoir si mon fils Hubert, qui est dans les chasseurs d'Afrique, sera bientôt nommé brigadier.

— Oui, répondit la table, dans trois mois, après l'expédition.

— Est-ce qu'il faut lui envoyer de l'argent?

— Oui, mais pas autant qu'il en demande.

— Combien?

— La moitié.

— Quinze francs?

— Oui, c'est assez.

— Mais il dit que l'ordinaire est mauvais, qu'on souffre la misère.

— Ce n'est pas vrai, votre Hubert est un carotteur; il aime à boire, ne l'écoutez pas.

— Je pensais bien, » dit la mère Poulard.

Et regardant autour d'elle :

« Mais je voudrais encore demander quelque chose.

J'entendis la tante sangloter. (Page 51.)

— Quoi ? Parlez.

— Est-ce que ma fille Élisa se mariera bientôt ?

— Pas sitôt!... Qu'elle se méfie! »

La bonne femme n'en voulut pas savoir davantage, et, traversant le cercle des spectateurs, elle sortit.

L'enfant se mettait à crier ; le forgeron dit à sa femme :

« Va-t'en d'ici ! va te promener dehors... On ne s'entend plus. »

Le grand-père Lebigre me disait à l'oreille :

« C'est insensé... Quelle farce! »

Et Legris lui ayant dit :

« Monsieur Lebigre, c'est votre tour... Qu'est-ce que vous voulez savoir ?

— Oh! fit-il en souriant, moi, rien! C'est Clarisse qui voudrait interroger votre planchette. Allons, Clarisse, parlez. »

Mais, avant que Clarisse eût répondu, la planchette, avec une rapidité singulière, écrivit :

« Non, je ne lui répondrai pas.

— Tiens, pourquoi donc? fit le grand-père.

— Parce qu'elle a brûlé Voltaire. »

Depuis deux mois, le *Dictionnaire philosophique* de Voltaire avait disparu de la bibliothèque, et le grand-père ne savait à qui le réclamer.

Cette réponse de la planchette le stupéfia, et, regardant sa sœur, il lui dit :

« Comment! Est-ce vrai ce que Legris raconte-là ?

— Ce n'est pas Legris qui parle, écrivit rapidement la planchette ; c'est moi.

— Qui, toi ?

— Moi-même, Voltaire ! »

La tante Clarisse ne répondit pas ; elle était toute pâle, effrayée de la dénonciation autant que de l'oracle.

Le grand-père, voyant qu'elle se taisait, dit brusquement :

« Cela suffit... sortons ! »

Nous sortîmes ensemble et nous retournâmes à la maison en silence ; le grand-père, qui donnait le bras à sa sœur en allant à la forge, marchait seul en avant, tout pensif ; la lune brillait ; et, sur le seuil de la librairie, m'étant approché de lui pour lui dire :

« C'est bien étonnant, grand-père, n'est-ce pas ?

— Quoi ?

— Cette réponse de la planchette.

— Écoute, Lucien, fit-il d'un ton sec et fâché, ta crédulité, soit dit entre nous, est un peu trop grande pour un garçon de ton âge. Je me moque de la planchette ; la planchette a dit ce que Legris avait appris par sa femme : sa femme avait appris la chose d'une autre ; toutes ces commères ont fait leurs Pâques à la fête de Sainte-Suzanne, et depuis elles se racontent leurs confessions et leurs pénitences les unes aux autres. »

Voilà ce qu'il me dit ; et la tante Clarisse, qui marchait assez loin derrière nous, toute désolée, s'étant approchée, il ouvrit la porte du magasin fermée à la clef, alluma la lampe, et s'adressant à sa sœur, pour la première fois peut-être depuis quarante ans qu'ils vivaient ensemble il ne lui donna pas son nom de Clarisse, et lui dit avec hauteur et dédain :

« Mademoiselle, vous avez brûlé mon *Dictionnaire philosophique* par ordre de M. le curé de Pierreville, pour l'expiation de vos péchés et le salut de votre âme. Vous m'avez laissé soupçonner d'honnêtes gens, pendant deux mois, de m'avoir volé ces livres. Il paraît que M. le curé a plus d'autorité chez moi que je ne le croyais ; je me figurais bonnement être le maître ici ; mais il s'était ménagé des intelligences dans la place. »

La pauvre tante, la tête basse, ne répliquait pas.

Et lui, la figure décomposée par l'indignation, termina d'un mot en disant :

« Nous causerons de cela demain, mademoiselle, et nous réglerons notre compte. »

Elle voulût alors parler ; mais pas un son n'arriva à ses lèvres.

Jamais je n'avais vu le grand-père avec cette physionomie inflexible et sévère ; je n'osais moi-même lui adresser la parole, et nous montâmes tous les trois nous coucher.

Cette maison si calme, cette vie si douce, si paisible depuis tant d'années, venait d'être troublée d'une façon tellement imprévue, que je compris pour la première fois que le sort de tous les ménages catholiques, oui ! de tous... est entre les mains du prêtre, et que nul ne peut espérer échapper à son influence.

Le lendemain, dès six heures, j'entendis le grand-père se lever comme à l'ordinaire, s'habiller, puis descendre.

Mais, au lieu d'ouvrir son magasin, selon sa coutume depuis quarante ans, il sortit, en tirant le verrou de l'allée du côté qui donnait sur la rue, et je le vis de ma fenêtre traverser la place des Acacias et sonner à la porte de M. le notaire Bergeron.

Il avait sa grosse capote et son chapeau de cérémonie.

Quelques instants après, la tante Clarisse descendit à son tour ; elle avait entendu son frère sortir par l'allée ; je la suivis, et je trouvai la pauvre fille dans le magasin obscur ; un rayon de lumière, passant par-dessus la vitrine, l'éclairait vaguement dans l'ombre, pâle comme une morte.

Elle ne pleurait pas et ne me dit que cette simple parole :

« Lucien, je suis une femme perdue ! Votre grand-père ne me pardonnera jamais. Ah ! si le bon Dieu voulait me retirer de ce monde !

— C'est un grand malheur, lui dis-je, touché de son accent. Mon grand-père est allé tout à l'heure chez M. Bergeron, le notaire, je ne sais pour quoi faire. »

Elle ne le savait sans doute pas non plus, car elle ne répondit pas.

J'ouvris le magasin, et la tante Clarisse entra dans la cuisine préparer le déjeuner.

La visite du grand-père chez M. Bergeron fut longue ; elle se prolongea jusqu'à environ huit heures.

Il sortit enfin de l'étude, traversa la place et entra dans la bibliothèque.

« Mademoiselle, dit-il en passant, veuillez me suivre ; Lucien tiendra le magasin ; nous avons à causer ensemble. »

La tante Clarisse entra, et la porte de l'arrière-boutique restant entr'ouverte, j'entendis le grand-père s'asseoir à son bureau, déployer son grand-livre et dire :

« Mademoiselle, vous êtes depuis trente-neuf ans à mon service ; les dix premières années, je vous ai donné 300 francs, les dix suivantes 500 francs, et les dix-neuf dernières années 600. J'ai placé cet argent, selon vos désirs, chez un homme sûr, M. Bergeron; l'argent s'est capitalisé, et vous êtes en possession aujourd'hui d'une honnête aisance. Voici votre compte; veuillez le vérifier. Vérification faite, je vous remettrai la somme, que j'ai en portefeuille, et vous m'en donnerez quittance.»

J'entendis la tante sangloter et dire :

« Ayez pitié de moi, Lebigre... ne me chassez pas! Que me fait cet argent? Depuis tant d'années que je vis chez vous, c'est la première faute que vous avez à me reprocher.

— Je n'en sais rien, dit le grand-père; vous le dites, mais rien ne m'en répond! Je croyais être maître chez moi, et je sais maintenant que M. le curé commande ici, qu'il donne des ordres jusqu'à disposer de mon bien comme il l'entend. Il n'aime pas Voltaire, ce monsieur, et comme je l'aime, moi, comme il me plaît de le répandre, de le louer, d'en faire jouir mes concitoyens au meilleur compte possible, M. de Pierreville le fait brûler. Eh bien, depuis quelque temps, j'ai cru m'apercevoir que certains de mes livres disparaissaient; M. de Pierreville vous les signalait sans doute, et...

— Oh! Lebigre, ne le croyez pas. M. le curé m'avait refusé l'absolution si je ne brûlais pas Voltaire... Je l'ai fait malgré moi... J'irai me confesser ailleurs.

— Ailleurs on vous demanderait autre chose. Non! c'est fini, dit-il, voici votre compte. Allez dire à M. de Pierreville qu'il a parfaitement réussi à désoler un honnête homme; il en rira, il en informera l'autorité supérieure, il aura droit à des félicitations et à la vie éternelle.

— Mais, mon frère, dit la tante Clarisse fondant en larmes, vous êtes âgé, vous êtes souvent malade, vous êtes habitué à mes soins; jamais une autre personne ne pourra vous être aussi dévouée que moi, et...

— Cela m'est égal, répliqua-t-il d'une voix sèche, amère. Quand je devrais mourir seul, misérable, abandonné de tous... M. le curé ne restera pas maître chez moi! Toutes vos protestations sont inutiles, je ne vous crois plus. »

Et s'animant :

« Vous m'avez volé, s'écria-t-il, entendez-vous, volé! pour obéir à l'ordre de M. de Pierreville. Qu'il vous donne son absolution, elle doit vous suffire. Quant à moi, je juge autrement que lui; je ne connais qu'une chose : la justice! Tenez, j'ai déduit de votre compte le prix de mon Dictionnaire, que vous avez brûlé : 26 fr. 50... Nous sommes quittes! »

Cette conversation me donnait froid; je sentais à l'accent du grand-père que sa résolution lui coûtait beaucoup, mais que le sentiment de sa dignité, l'indignation de se voir sous la surveillance et l'autorité d'une puissance détestée, le rendait inflexible.

Et comme la tante Clarisse, malgré son ordre, ne voulait pas s'éloigner, il sortit lui-même, et, les traits altérés, se mit à ranger quelques livres sur les rayons du magasin.

L'émotion que venait de me causer cette scène m'empêchait de lui parler.

Au bout d'une demi-heure, la tante voyant qu'il ne rentrait pas dans la bibliothèque, en sortit et passa devant nous, le tablier sur la figure, étouffant ses sanglots.

Je l'entendis monter à sa chambre, et seulement alors, recueillant tout mon courage, je dis :

« Grand-père, la résolution que tu viens de prendre est terrible!

— Je le sais bien, dit-il, je vais passer mes derniers jours dans l'isolement; ce ne sera pas long, j'ai soixante et treize ans; dans trois ou quatre ans ce sera fini. Je vais rester seul avec une servante, la première venue, qui ne saura rien de ma vie et qui, dans le fond, n'aura pas le moindre intérêt pour moi. Mais celle-là du moins ne m'aura pas trompé. Ce que je hais le plus, c'est la dissimulation, l'hypocrisie.

— Mais, grand-père, lui dis-je, tu sais bien que ma tante Clarisse n'a pas grande instruction; elle ne pouvait prévoir combien cette faute t'indignerait.... Elle ne savait pas...

— C'est bien! interrompit-il, elle avait ma confiance, elle s'en est rendue indigne. »

Puis, au bout d'un instant, il ajouta :

« Je vais tâcher de me débarrasser de cette maison, des marchandises, de tout. Ensuite j'irai te rejoindre à Paris; je louerai une petite chambre et je vivrai seul. Tu viendras quelquefois me voir, nous causerons; peut-être pourrai-je te donner encore quelques bons conseils, et je m'éteindrai là-bas! »

Je compris que, dans l'état présent de son esprit, il était inutile d'insister.

Huit jours me séparaient encore de la rentrée des cours, et j'espérais que, dans cet intervalle, l'occasion de l'apaiser se présenterait plus favorable.

Mais, à partir de ce moment, notre petite maison, autrefois si gaie, devint d'une tristesse accablante.

Malgré le congé qu'elle avait reçu du grand-père, la tante Clarisse ne pouvait se décider à partir, elle n'osait se montrer à table et prenait ses repas à la cuisine.

Il n'entrait pas dans le caractère du grand-père de la mettre à la porte, mais il devenait sombre et ne lui disait plus un mot.

Les abonnés, les clients entraient et sortaient sans qu'on fît attention à eux, autrement que pour les servir.

La plus à plaindre encore était la pauvre vieille tante attendant, tout abattue et les yeux rouges, ce que le ciel voudrait décider de son sort.

Et comme, un matin, le grand-père et moi nous étions dans la bibliothèque, tout pensifs, après déjeuner, sans nous adresser la parole, tout à coup je lui dis :

« Voici la fin des vacances, grand-père, et je ne puis te laisser seul... Non ! j'ai réfléchi, c'est impossible ! L'idée de ton isolement ici durant des mois et peut-être des années m'accable. Cette idée à Paris me suivrait partout ; elle m'empêcherait de travailler ; je te verrais toujours triste comme maintenant, et cela m'ôterait tout courage.

— J'irai te rejoindre, fit-il.

— Hé ! mon Dieu, m'écriai-je, à Paris, dans la petite chambre dont tu m'as parlé, seul, sans occupations, ce serait bien pis encore ; je ne pourais être souvent avec toi ; les cours, les conférences, les heures de rédaction prennent les trois quarts de mon temps. Que ferais-tu ?

— Je me créerais des distractions, dit-il, je tâcherais d'assiter aux débats de la Chambre, je lirais les journaux.

— Et tu ne penserais qu'à Sainte-Suzanne, tu regretterais tes habitudes, tu périrais d'ennui. Moi, je ne pourrais travailler avec cette idée toujours présente à l'esprit. »

J'étais désolé ; il l'entendait à ma voix, et, s'étant levé tout rêveur, il se promena longtemps dans le cabinet, le front penché, les mains croisées sur le dos, perdu dans ses réflexions.

Je craignais de n'avoir pu le convaincre, lorsque, s'arrêtant, il me dit :

« Dans l'intérêt de tes études, je veux bien faire ce sacrifice ; va dire à Clarisse que je lui permets de rester.

— Ah ! merci, grand-père, m'écriai-je le cœur soulagé ; tu n'auras pas à te repentir ; la pauvre vieille a trop souffert de sa faute pour jamais y retomber. »

Et courant dans l'allée, d'une voix éclatante, j'appelai :

« Tante Clarisse, descendez .. le grand-père vous pardonne ! »

Elle était toujours à faire sa malle, et, sortant tout effarée de sa chambre :

« Ah ! mon Dieu, dit-elle, je suis sauvée ! C'est à vous, Lucien, que je le dois. »

Puis elle descendit et courut se jeter aux pieds du grand-père, en s'écriant :

« Lebigre, vous me pardonnez ! Ah ! croyez que je ne vous donnerai plus aucun sujet de plainte ; je ne sortirai plus, je ne quitterai plus le magasin, je ne veux plus que vous puissiez me soupçonner.

— Allons ! relevez-vous, Clarisse, dit-il, enfin attendri ; que tout ceci soit oublié. Mais je n'entends pas que vous ne puissiez plus sortir ; vous aurez vos dimanches à vous comme autrefois, vous irez à l'église si cela vous convient. Vous remplirez vos devoirs religieux, cela ne regarde que vous, votre conscience. Seulement, si M. de Pierreville vous parle de mes affaires, vous vous tairez ; et s'il vous donne des conseils, des avis en ce qui me touche, vous me le direz. Alors j'irai trouver ce jeune homme, et je m'expliquerai une bonne fois avec lui. »

Une voiture de roulage venait de s'arrêter à la porte ; le grand-père sortit, et, voyant le facteur décharger une caisse sur le seuil, la bonne humeur lui revint aussitôt.

« Ha ! ha ! c'est Voltaire qui rentre à la maison, dit-il en se barbouillant le nez de tabac ; je l'ai fait revenir tout de suite, solidement relié, et cette fois nous l'aurons complet, en soixante et douze volumes grand in-octavo, avec préface, avertissements, notes, tables, portrait magnifique en taille-douce, et précédé de sa Vie, par Condorcet.

« M. de Pierreville apprendra que Voltaire n'est pas mort ; qu'il se promène à Sainte-Suzanne, avec sa grande perruque à la Louis XV, appuyé sur sa canne, et qu'il rit toujours, comme un bienheureux, des imbéciles et des cafards. »

Il voulut déclouer lui-même la caisse et ranger les livres sur le comptoir, avant de les mettre à la bibliothèque.

« Voyez, disait-il à trois ou quatre clients entrés au magasin pendant cette opération, voyez ! On me demande toujours du nouveau... Qu'est-ce qu'il y a de plus nouveau dans ce monde que l'esprit et le bons sens ? »

Et, souriant, il ajoutait avec malice :

« L'esprit et le bon sens sont toujours nouveaux pour ceux qui en manquent, c'est une nouveauté pour eux ; rien ne peut leur être plus profitable que d'apprendre à connaître Fréron, Nonotte et Patouillet. »

Enfin sa verve lui revenait.

La tante Clarisse, derrière le comptoir, écoutait, n'osant encore sourire, et moi je me félicitais de l'heureuse issue d'une affaire qui menaçait de devenir lamentable.

Peu de jours après ces événements, la fin des vacances étant arrivée, le grand-père lui-même me conduisit à la voiture; il ne m'avait jamais paru plus gai, mieux portant.

« Bon courage! Travaille bien, me dit-il en m'embrassant; j'espère te voir encore en robe, plaider ta première cause. »

Je l'espérais bien aussi; mais on ne quitte jamais un vieillard sans de tristes appréhensions; et la voiture roulait, les coteaux de Sainte-Suzanne avaient disparu, que je rêvais encore, dans mon coin, à toutes les chances d'accidents, de faiblesse, de maladies qui pouvaient survenir pendant dix longs mois d'absence.

J'en étais triste, et seulement au delà de Jovencourt ces pensées mélancoliques s'effacèrent insensiblement et mes yeux se tournèrent avec plus de confiance vers l'avenir.

XII

Il n'est pas un ancien étudiant, je crois, qui ne se rappelle avec bonheur son retour au quartier Latin après les vacances : le plaisir de se retrouver au milieu du mouvement parisien, après le calme de la province, de saluer en passant d'anciens camarades arrivés la veille de Normandie, de Bretagne, de l'Orléanais, etc., de leur serrer la main à la hâte, de courir prendre son inscription à l'école, enfin de rentrer dans sa coquille, de se remettre à son aise dans sa petite chambre, dans ses pantoufles et dans son lit; de s'accouder, comme l'hiver précédent, sur sa petite table, en face de la cheminée qui pétille, et de penser : « Te voilà donc encore avec dix mois de travail, de plaisir et de liberté devant toi. »

Mme Auburtin n'avait pas quitté le logement; les camarades revenaient de partout; et, sauf les nouveaux cours de droit commercial, de droit pénal, de procédure civile, qui se joignaient aux anciens, sauf ce surcroît de travail, rien ne paraissait changé.

Je m'étais remis à l'ouvrage avec ardeur, quand, aux premiers jours de novembre, je reçus un matin, en rentrant de mon cours, ce billet foudroyant :

« Cher Lucien,

« Ne perdez pas de temps... revenez à Sainte-Suzanne... votre bon grand-père est bien malade.

« Votre tante dévouée,

« Clarisse LEBIGRE. »

Inutile de vous peindre l'émotion poignante qui me serra le cœur en lisant ces lignes; chacun se souvient d'en avoir éprouvé de pareille.

Une heure après, n'ayant emporté que ma valise à la hâte, je montais en diligence, rue Notre-Dame-des-Victoires, et je repartais pour ma petite ville, dans quelle disposition d'esprit, on peut se l'imaginer.

Ces trente-six heures-là sont les plus cruelles dont je me souvienne. La lourde machine roulait; je ne voyais, je n'entendais rien; mon âme était là-bas, dans notre petite demeure, au fond de l'alcôve où reposait le grand-père. Je le voyais; il me semblait l'entendre respirer péniblement et demander : « Lucien !... Lucien !... » en me cherchant du regard.

Comment l'homme peut-il supporter de telles anxiétés! Ah! nous avons de bien grandes ressources pour souffrir; c'est le plus riche trésor de notre existence.

Enfin, le matin du second jour, j'arrive à Sainte-Suzanne... Je m'élance de la voiture... je cours... La porte du magasin est fermée!... Je frappe à celle de l'allée, et la tante, en habit de deuil, paraît défaite, accablée.

La pauvre femme n'avait pas osé me dire toute la vérité; elle avait voulu me laisser, quelques heures encore, une lueur d'espérance.

Le grand-père était mort; il reposait déjà dans sa dernière demeure, au cimetière.

Qu'on se représente mon entrée dans cette chambre vide... et mes cris... mes appels... mon désespoir! Ce sont des déchirements inexprimables.

Oui, il était mort!

M. de Pierreville s'étant permis de faire allusion à la manière d'être, aux sentiments, aux opinions politiques du vieux libraire, signalé depuis de longues années comme un ennemi des jésuites, avait ordonné à sa sœur de le quitter, la menaçant de lui refuser l'absolution en cas de désobéissance!... La bonne femme avait cru devoir tout dire à son frère; le grand-père était allé trouver M. le curé au presbytère; ils avaient eu une explication violente, et le brave homme, revenant de là tout pâle, le sang sur les lèvres, s'était couché, ne parlant plus que de moi.

Il avait succombé le second jour.

. . . .

Voilà l'histoire de mon grand-père Lebigre. Il est mort victime des jésuites, comme sont morts des millions de malheureux, coupables d'avoir aimé la justice, et comme mourront pour le même crime des millions d'autres, si les nations civilisées, désireuses de paix, d'ordre, de liberté, ne s'entendent point pour détruire cette association, — prétendue religieuse, — de célibataires ambitieux, qui troublent le monde depuis des siècles, et qui n'ont de commun que la robe noire avec les vrais prêtres du Christ.

FIN DU GRAND-PÈRE LEBIGRE

LES TROIS AMOUREUX DE LA GRAND'MÈRE

I

J'ai connu dans mon enfance un vieillard nommé Christian Rosenthâl, que les anciens habitants de Sainte-Suzanne peuvent se rappeler encore.

Il passait souvent devant notre maison, en face de la vieille halle aux grains, et ma mère disait :

« Voici le roi de Suède Rosenthâl III, qui va chanter des cantiques au temple protestant; son camarade Charles Jean lui a pris sa couronne, et le malheureux en est devenu fou de chagrin; que le seigneur Dieu le rappelle bientôt à lui, c'est ce qu'on peut souhaiter de mieux. »

Ces paroles éveillaient mon attention, et je suivais le père Rosenthâl d'un regard émerveillé jusqu'au bout de notre rue.

C'était un homme de haute taille, vêtu d'un petit frac de peluche verte et portant la perruque à queue de rat, sous un large tricorne carrément planté sur la nuque. Sa figure toute ridée, le nez gros, le menton en galoche, avait une expression méditative; il marchait à petits pas, appuyé sur une longue canne à pomme d'ivoire; son gilet lui descendait jusque sur les cuisses, et ses jambes étaient aussi maigres que celles d'un vieux coq.

Voilà le souvenir qui m'est resté du père Rosenthâl; cela remonte à 1820.

Quelques années après, le pauvre homme étant déjà mort, j'épousai sa fille, Mlle Annah-Christina Rosenthâl von Lœvenhaupt, et je pris la grand'mère Françoise, son épouse, à la maison pour élever les petits enfants.

Alors, la bonne vieille m'expliqua les paroles étranges que j'avais entendues autrefois et qui me trottaient toujours en tête.

Avant la Révolution de 1789, Royal-Marine, revenant de la Corse, se trouvait à Toulon, et trois sergents de ce régiment, Jacob Zimmer, Christian Rosenthâl et Jean-Baptiste Bernadotte, faisaient la cour à Mlle Françoise Janin, fille de Claude Janin, menuisier-ébéniste, demeurant rue Saint-Sébastien, vers l'hôpital militaire.

Ils venaient la prendre chez son père tous les dimanches pour la conduire à la danse, dans un certain endroit appelé *Récréation des Belles*.

Claude Janin n'y voyait pas de mal.

Ces jeunes gens, toujours ensemble, se gênaient l'un l'autre; ils se seraient donné volontiers des coups de sabre pour avoir le plaisir de danser seuls avec Françoise.

Du reste, tous les trois, engagés volontaires, se disaient gentilshommes, car en ce temps les gentilshommes seuls avaient chance de devenir officiers; mais Zimmer était fils d'un brasseur de Strasbourg, Bernadotte descendait en droite ligne d'une honnête famille bourgeoise de Pau, et Rosenthâl, natif d'un petit port des côtes du Nord, se prétendait noble, parce qu'un de ses ancêtres avait été pendu jadis à Stockholm pour avoir essayé d'usurper la couronne du Magnus en 1275; à la suite de quoi tous les Rosenthâl s'étaient vus bannis à perpétuité de la Suède.

Quoique ces faits se fussent accomplis plusieurs siècles avant la naissance de Christian Rosenthâl, il n'en éprouvait pas moins un noble et légitime orgueil.

C'était un homme de haute taille (Page 54.

Or, il advint, un soir d'hiver, que les trois camarades, sortant tout échauffés de la danse avec Françoise, eurent l'idée de se faire dire la bonne aventure par une vieille appelée Catinette la Marseillaise, qui logeait dans une ruelle détournée, derrière le séminaire des aumôniers de la marine.

« Nous avions fini par découvrir la ruelle, me dit la grand'mère, qui se souvenait de cette soirée dans les moindres détails, et nous frappions à la porte de la masure depuis un quart d'heure ; les gouttières clapotaient autour de nous, les girouettes grinçaient au loin, personne ne répondait.

« J'avais peur ; je me serais sauvée si Rosenthâl ne m'avait retenue par le bras ; Zimmer essayait d'enfoncer la porte.

« Enfin, une lumière parut au-dessus de nous, éclairant vaguement une lucarne ; elle descendit ; puis, derrière la porte, une voix faible se mit à crier :

« — Qui est là ? Que voulez-vous ?

« — Ouvrez ! répondit Zimmer ; nous voulons savoir notre sort. »

« Au bout d'un instant, la porte s'ouvrit et une petite fille, pâle, chétive, qui portait une lanterne, nous dit d'entrer, mais de ne pas faire de bruit, que la garde pourrait venir.

« Nous la suivîmes dans une allée fort étroite et sombre, et quelques pas plus loin, le pauvre être, poussant une porte à gauche, murmura :

« — C'est ici ! »

« Nous vîmes alors Catinette la Marseillaise,

Tous les personnages titrés de Pirmasens. . (Page 60)

assise dans un vieux fauteuil au fond de son réduit, devant une petite table en bois de rose, couverte de cartes.

« Ses cheveux gris, encore touffus, lui retombaient sur les épaules; elle était bossue; on aurait dit un chat qui fait le gros dos.

« La lampe de cuivre pendue au plafond éclairait dans tous les recoins des tas de guenilles jetées au hasard ; une antique tapisserie des Gobelins fermait une alcôve; quelques chaises éclopées apparaissaient dans l'ombre; on ne pouvait voir un coin du monde plus encombré que ce vieux nid à rats.

« Je ne pensais qu'à m'en aller au plus vite, quand la vieille, se mettant à battre ses cartes, nous demanda :

« — Par qui faut-il commencer?

« — Commencez par cette jolie fille, lui répondit Zimmer, et parlez haut, pour qu'on vous entende. »

« Alors elle me prit la main et la regarda quelques instants ; je tremblais.

« — N'ayez pas peur, me dit-elle, vous avez beau jeu. »

« Puis, étalant ses cartes sur la table, elle les expliqua en disant que je ne devais pas me plaindre de mon sort; que j'épouserais un des trois militaires qui se trouvaient là ; que nous aurions de la joie et de la misère, mais plus de joie que de misère; que je m'élèverais dans les honneurs... enfin tout ce que ces vieilles disent aux jeunes filles désireuses de les croire.

« J'étais devenue gaie, lorsque, ramassant

ses cartes et les mêlant de nouveau, elle fit signe à Zimmer de couper.

« M'étant retirée un peu plus loin, je prêtai l'oreille, et toutes ses paroles me reviennent comme si c'était hier.

« — Toi, dit-elle, tu ne feras que batailler toute la vie; tu allongeras de grands coups de sabre à droite et à gauche, au Nord et au Midi, sans t'inquiéter de savoir ni pour qui ni pourquoi. — Tu n'aimeras que les chevaux, les belles filles, le bon vin et l'argent, pour le dépenser. — Tu changeras plusieurs fois de régiment, à cause de ta mauvaise tête; tu seras commandant de cavalerie à la fin. »

« Zimmer ne pouvait croire qu'il deviendrait commandant, sachant bien que les nobles seuls s'élevaient à ce grade et qu'il n'était pas noble.

« — Va! lui dit-elle, ce que je te dis arrivera. C'est écrit. — Seulement, tout finira d'un coup.

« — Comment, d'un coup?

« — Par un boulet, qui te cassera les reins, dit-elle.

« — Tant mieux! s'écria Zimmer; c'est tout ce que je demande; tiens, vieille, je suis content de toi. »

« Il jeta sur la table tous les gros sous qu'il avait dans sa poche, et Catinette les ramassa dans un sac.

« Rosenthâl vint ensuite; mais la vieille et lui parlèrent bas, et j'entendis seulement Rosenthâl lui répondre :

« — Tout m'est égal, pourvu que Françoise m'aime; je me moque du reste. »

« Et, dès ce moment, je l'aimai.

« Bernadotte restait seul: il s'était assis au fond du réduit, les jambes croisées, le chapeau sur l'oreille et regardant ce qui se passait; il ne croyait à rien, et, comme la vieille, mêlant ses cartes, lui disait :

« — Eh bien! approche, c'est ton tour.

« — Merci, fit-il; je ne veux pas connaître mon sort.

« — Pourquoi?

« — Je n'ai plus le sou.

« — C'est égal, on te fera crédit.

« — Non, merci! j'aime mieux avoir le plaisir de la surprise, s'il m'arrive quelque chose d'agréable.

« — Ah! écoute, s'écria Zimmer, maintenant tu sais mon histoire, et je veux savoir la tienne; nous sommes de vieux camarades; il ne doit plus rien y avoir de caché entre nous! Si tu ne peux pas payer, Jean-Baptiste, je payerai pour toi; s'il le faut, je laisserai ma montre en gage.

« — Tu ne veux pas couper, dit la vieille; je coupe pour toi. »

« Puis, regardant les cartes, elle s'écria :

« — Oh! oh! voici des cartes comme je n'en ai jamais vu. »

« Et, se tournant vers Bernadotte, qui ne bougeait pas, elle se mit à lui dire avec respect :

« — Arrivez, jeune homme! je vais vous faire le grand jeu; montrez-moi votre main. »

« Et, comme Zimmer, Rosenthâl et moi nous le priions ensemble, il se leva, riant d'un air moqueur, et dit :

« — Vous le voulez; eh bien! ne nous fâchons pas pour si peu. »

« Il ôta son gant et présenta sa main à la vieille, qui, tout en le regardant, continuait à battre ses cartes et murmurait des paroles confuses.

« — C'est bien, dit-elle, coupez! »

« Il obéit, et elle, étalant le jeu, parut encore plus étonnée.

« Elle remêla les cartes et le fit couper de nouveau par trois fois, car toujours les mêmes cartes revenaient.

« De sorte que Bernadotte, perdant patience, lui dit :

« — Eh bien! chère dame, est-ce bientôt assez? N'avez-vous pas encore tout vu?

« — Oui, je vois, j'ai tout vu, murmurait-elle, mais je ne puis en croire mes yeux. Depuis trente ans tous les personnages de la ville, tous les officiers du port, tous les vieux marins viennent consulter Catinette la Marseillaise, et dans leurs cartes je n'ai rien vu de pareil. »

« Et, levant les yeux, elle dit à Bernadotte, qui souriait toujours :

« — Jeune homme, vous serez général et vous gagnerez des batailles. »

« Jean-Baptiste, en entendant cela, devint tout pâle, car, au fond, il était ambitieux; il s'était engagé à dix-sept ans, pensant bien que les grades ne seraient pas toujours pour les cadets; il avait l'idée de grands changements dans les affaires du pays, comme beaucoup d'autres, et gagner des batailles était son rêve.

« Il ne répondit rien, et Catinette, remêlant les cartes, le fit encore une fois couper, puis, en y jetant les yeux, elle dit :

« — Jeune homme, vous serez prince!

« — Oh! prince! fit-il en se donnant l'air de ricaner, prince, on n'en fait plus depuis mille ans! C'est impossible!

« — On en fera, dit-elle en s'animant, car elle-même était émerveillée de ces choses. Allons, coupez!... coupez!... »

« Nous écoutions derrière eux, tout étonnés. Zimmer seul s'écriait :

« — Ça ne m'étonne pas! Ce qui doit arriver arrive! Quand il faudrait remuer ciel et terre, ça marche!... J'ai toujours vu que Jean-Baptiste avait de la chance ; je l'ai vu à Bastia, à Corté, à Calvi, partout! Il est né sous une bonne étoile. »

« Cependant, le jeu venait d'être remanié; Bernadotte l'avait coupé pour la cinquième fois; lui qui, d'abord, ne croyait à rien, maintenant il croyait à tout et suivait d'un regard inquiet les mouvements de la vieille retournant ses cartes et les rangeant en bon ordre sur la table.

« Nous-mêmes, nous étions tous penchés autour, attentifs à ce qui se passait, lorsque la vieille, jetant un coup d'œil sur le jeu, se redressa toute droite en face de Bernadotte et lui dit :

« — Vous serez roi! »

« Sa figure, son regard et son cri nous avaient tous saisis; personne ne disait mot; on se regardait les uns les autres stupéfaits, et Bernadotte lui-même, la tête penchée, tout pensif et les lèvres serrées, semblait comme perdu dans un songe.

« Cela durait depuis quelques instants, quand, se réveillant de ses pensées et remettant son chapeau posé sur une chaise, il nous dit :

« — Sortons! »

« Mais, au moment de sortir, se rappelant qu'il n'avait rien donné, il revint et jeta un écu de six livres sur la table.

« — Je savais bien que tu faisais des économies, Jean-Baptiste, s'écria Zimmer; mais, dans les grandes occasions, tu es généreux! »

« Nous suivions Bernadotte dans l'allée; Rosenthâl, sur ses talons, lui disait :

« — J'aime encore mieux mon lot que le tien. »

« Puis, baissant la voix, je l'entendis ajouter :

« — Cède-moi Françoise tout de suite et je te cède mes droits à la couronne du Magnus. »

« Il riait sans doute, mais Bernadotte, sur le seuil de la masure, au clair de la lune, se retournant, lui répondit gravement :

« — J'accepte! Voici ma main. »

« Ils se serrèrent la main. Cela me fit de la peine.

« Zimmer et moi nous venions les derniers; il me donnait le bras et murmurait tout bas :

« — Françoise, si vous voulez, je vous ferait commandante. »

« Ses grosses moustaches rousses, son front large, osseux, et ses énormes mâchoires m'épouvantaient toujours; c'est Bernadotte que j'aurais le plus aimé, c'est à lui que je pensais; mais, ayant entendu qu'il me cédait à Christian, je lâchai le bras de Zimmer et pris celui de Rosenthâl en disant :

« — Conduisez-moi, Christian, c'est vous que j'aime et je ne veux que vous. »

« Il fut bien content, mais Zimmer se fâcha; ils se provoquèrent tout de suite dans la ruelle du Séminaire et se battirent le lendemain.

« Tous deux furent blessés... mais leur temps n'était pas encore arrivé; au bout de cinq semaines ils sortirent de l'hôpital...

« Christian seul continua de venir à la maison; je n'allais plus à la danse, de crainte des disputes, et l'on savait dans notre quartier que j'étais promise à Rosenthâl. »

Voilà l'histoire que me raconta la grand'-mère Françoise; elle me dit aussi que Rosenthâl et Bernadotte avaient été camarades de lit à leur arrivée au régiment.

II

Ces choses se passaient en 1788, l'année où fut convoquée l'Assemblée des notables à Versailles.

Quelque temps après, Rosenthâl, libéré du service, épousa Françoise Janin. Mais, après un an de mariage, ne sachant que faire, car il n'avait pas de profession, il lui fallut se rengager comme simple soldat au régiment d'Auvergne.

Le père Janin étant mort à la même époque, Françoise hérita de quelque argent; elle obtint du colonel, marquis de Courbon, la cantine du régiment.

M. le marquis ne savait rien refuser aux belles.

C'était au début de la Révolution; les régiments de Beauce, de Normandie, de Forez, de Poitou se soulevèrent contre leurs officiers, réclamant des comptes qu'on ne voulait pas leur rendre, et pour cause.

Le marquis de Bouillé réunit contre eux des forces considérables, tirées principalement des régiments étrangers : Royal-Allemand, Royal-Liégeois, etc., et cela finit à Nancy, par les massacres du mois d'août 1790.

Partout les soldats réclamaient des comptes; et l'année suivante le régiment d'Auvergne, en garnison à Sainte Suzanne, chassa ses officiers en masse.

Le régiment fut licencié.

Rosenthâl et Françoise n'eurent d'autre ressource que de s'établir cabaretiers à Sainte-Suzanne, sur la petite place des Acacias, près de la porte de Suisse.

Malheureusement, les émigrés avaient emporté l'argent, le commerce n'allait plus; les Prussiens envahissaient la Champagne; toute la jeunesse volait au secours de la patrie en danger; la bataille de Valmy, le siège de Mayence, le soulèvement de la Vendée se suivaient.

Le nom de Bernadotte, au milieu de ces événements, commençait à percer : simple adjudant sous-officier à Marseille en 1790, il était colonel à l'armée de Custine en 1792. Françoise, en lisant ses premiers faits d'armes, se désolait d'avoir épousé Christian au lieu de Jean-Baptiste; Rosenthâl s'indignait en pensant que lui, de vieille race noble, était forcé de servir des petits verres dans un cabaret, quand l'autre paradait, à cheval, à la tête d'un régiment.

Tout allait de mal en pis; les Autrichiens et les Prussiens envahirent bientôt l'Alsace et la Lorraine; ils bloquèrent Landau; Sainte-Suzanne fut menacée.

Dans cette extrémité, Françoise écrivit en secret à son cher Jean-Baptiste, lui racontant toutes leurs misères et le priant avec larmes de les secourir.

Au départ de sa lettre retentissait la grande nouvelle d'une victoire décisive remportée par Hoche à Wœrth, en Alsace, et de la déroute complète des Allemands, forcés de lever le blocus de Landau et de repasser le Rhin.

Ce fut une joie immense pour la patrie; et, huit jours après, Rosenthâl recevait, avec un paquet d'assignats, sa nomination comme conservateur des eaux et forêts, en la principauté de Pirmasens.

Tous les nobles du grand-duché de Deux-Ponts, abandonnant terres, parcs, faisanderies, forêts, châteaux, allaient rejoindre leurs princes à Vienne, à Londres, à Saint-Pétersbourg.

Jamais Rosentâl n'a su d'où lui vint sa nomination; il crut que la République avait découvert en lui des talents administratifs extraordinaires, ce qui ne l'étonna pas trop, car lui-même se trouvait beaucoup de capacités en tous genre.

Une femme d'esprit et de bon sens rend de grands services à son mari sans qu'il s'en doute.

Françoise et Rosenthâl se mirent donc en route pour leur nouvelle résidence, sur une voiture à échelles chargée de leurs meubles : — armoires, bois de lit, tables, bahuts, etc., absolument comme nous avons vu les Allemands arriver chez nous en 1871, pour occuper toutes les bonnes places d'Alsace et de Lorraine, en mettant nos fonctionnaires à la porte.

Rosenthâl, ancien sergent-major, ayant tenu la comptabilité de sa compagnie, savait lire, écrire et chiffrer passablement, mais il n'avait pas les premières notions de l'administration forestière.

Cette considération ne l'inquiétait pas le moins du monde, ni la grand'mère Françoise non plus; il avait la place, et chacun sait que la place fait tout; pourvu que l'on touche les appointements de la place, le reste est un détail; cela ne vaut pas la peine d'en parler.

D'ailleurs, les anciens serviteurs du prince Yéri Hans, ses gardes-chasse, ses employés de toutes sortes arrivèrent à la rencontre du citoyen Rosenthâl ; ils ne firent pas comme nos Alsaciens-Lorrains, qui reçurent les Prussiens d'un air sombre, et qui jusqu'à ce jour restent enfermés chez eux pour ne pas les voir. Non! les Allemands n'ont pas si mauvais caractère.

Monsieur le *hofrath*, monsieur le *kammerrath*, tous les personnages titrés de Pirmasens et les serviteurs dévoués du prince vinrent en perruque poudrée et en grande tenue de cérémonie, accompagnés de leurs dames et de leurs demoiselles, lui présenter humblement leurs respects et lui promettre soumission et fidélité.

Les paysans accoururent aussi saluer leur nouveau maître; ces bonnes gens, s'il les avait laissés faire, se seraient attelés à sa charrette et l'auraient conduite en triomphe au château de Yéri Hans. Ils criaient naïvement :

« Vive le citoyen Rosenthâl, notre nouveau seigneur ! Vive sa gracieuse épouse !... »

C'était attendrissant; mais, comme Robespierre avait des amis assez nombreux dans le voisinage, Rosenthâl, en homme prudent, eut soin d'adresser à ce bon peuple une harangue fort éloquente sur les Droits de l'homme et la dignité du citoyen.

Après quoi, s'étant établi dans le château de Pirmasens et trouvant tout à sa convenance, il relégua sa charrette au fond d'une remise et s'installa tranquillement dans les meubles du prince : il revêtit sa robe de chambre, il chaussa ses pantoufles et se coucha dans son lit à baldaquin avec Françoise, qui se crut dans une chapelle.

III

Ainsi s'accomplissaient avec le temps les prédictions de Catinette la Marseillaise :

« Vous aurez de la joie et de la misère, mais plus de joie que de misère, et vous monterez en dignité. »

Pourtant Rosenthâl et sa femme coururent alors un grand danger sans le savoir; le citoyen Saint-Just, qui rôdait dans l'Est, s'aperçut qu'une foule de délégués, improvisés par la République pour démocratiser les pays conquis, s'accommodaient très bien des honneurs et des jouissances de leur nouvelle position; qu'ils se livraient sans remords aux délices de Capoue; cela lui déplut.

Il dressa de ces aristocrates une liste, en tête de laquelle figurait Christian Rosenthâl von Lœvenhaupt, bien résolu de les éliminer, pour l'instruction de la postérité; ce qu'il n'aurait pas manqué de faire, s'il n'avait disparu lui-même dans l'orage de Thermidor.

Rosenthâl, échappé de ce péril par miracle, passa dès lors pour un thermidorien capable et décidé; on le confirma dans sa situation sur la frontière, au milieu des bois du Hundsruck; il s'y confina lui-même, comme le rat de la fable dans son fromage, ne songeant plus qu'à bien vivre hors de la tourmente.

Que voulez-vous? tout le monde n'a pas le tempérament spartiate, et Rosenthâl, imbu des préjugés nobiliaires, tout fonctionnaire de la République qu'il était, recevant d'elle son importance et ses moyens d'existence, n'avait qu'une idée fixe : celle de renouer dans sa personne la dynastie interrompue des Lœvenhaupt; et dès que le calme lui parut un peu rétabli, le danger passé, il s'empressa de faire dresser l'arbre généalogique de ses ancêtres jusqu'au temps d'Olaüs III, en l'an 1000, par un savant de Heidelberg, qu'il récompensa grassement de ses recherches.

Cet arbre, affiché aux murs, remplissait tout un salon, où Rosenthâl se promenait durant des heures, les bras croisés, en contemplation devant sa gloire.

Le brave homme avait un fond germanique, et l'on sait que les Germains sont toujours agenouillés devant les titres; c'est ainsi que s'explique la chose.

J'ai là deux magnifiques portraits d'un peintre italien, représentant le grand-père Rosenthâl et sa femme au pinacle de la gloire; ces portraits, de grandeur naturelle, sont vivants.

Monsieur le conservateur, en habit de gala pourpre, gilet blanc, jabot de dentelles, épée à poignée d'argent, la face rayonnante de bonne humeur et de santé, la perruque poudrée à frimas, le nez épaté, le menton frais et dodu replié sur une cravate de fine batiste, semble vous suivre de ses gros yeux en souriant et vous souhaiter la bienvenue.

Jamais on ne se douterait, à le voir, que c'était là Christian Rosenthâl, ci-devant cantinier au régiment d'Auvergne; on le prendrait plutôt pour le prince Yéri Hans lui-même; d'autant plus que le château se découvre en perspective, derrière le feuillage d'un vieux chêne de toute beauté.

Au second plan s'agite un départ pour la chasse : les piqueurs, en habits verts, retiennent les chiens, qui tirent sur leurs longes et hurlent. Quelques dames, plus loin, en amazone et chapeau à la Henri IV, sur de magnifiques chevaux anglais, attendent le départ et vous sourient du coin de l'œil, sous le dôme de la haute futaie.

C'est vraiment un chef-d'œuvre que ce tableau; les contribuables de Pirmasens ont dû savoir ce qu'il leur coûtait; le prince lui-même n'aurait pu souhaiter mieux.

L'autre portrait, celui de la grand'mère Françoise, est tout aussi beau ; c'est une figure de jeune femme rieuse, les yeux spirituels, le nez légèrement retroussé, les lèvres un peu grosses et sensuelles, découvrant, par le plus gracieux sourire, une rangée de petites dents du plus pur émail.

La coiffure de gaze légère, transparente, laisse apercevoir une chevelure noire, soyeuse, dont quelques boucles se déroulent sur le cou blanc comme neige; la robe de velours bleu a des reflets violets; les mains sont petites et admirablement formées.

Vraiment, le grand-père Rosenthâl ne devait pas être malheureux avec la citoyenne Françoise.

Elle est debout près d'une haute fenêtre en ogive, et l'on aperçoit de loin un jardin aux escaliers de marbre : un petit Versailles. Sur une vaste pièce d'eau, deux cygnes se promènent, moirant les ondes à leur passage. — Rien de splendide comme cette peinture.

Et quand je me rappelle tout ce que la grand'mère m'a raconté de ses petits levers, où toute l'aristocratie de Pirmasens se faisait un honneur de paraître : les vieux conseillers en perruque à la Voltaire, les dames dans leurs plus riches atours; les soirées intimes, où s'exécutaient des sonates de Mozart, de Haydn, de Bach, par les meilleurs artistes convoqués à ces solennités musicales; les parties de chasse en automne, accompagnées de cavalcades; les parties de traîneau en hiver; le retour au château; les tables somptueusement servies de vieux vins, de gibier, de poissons, et couronnées de fleurs en décembre; la cheminée flamboyante.... Quand je me rappelle tout cela, je ne m'étonne plus que le citoyen Saint-Just, prévoyant au début où les choses pourraient en venir, eût marqué d'une croix rouge le nom de Rosenthâl von Lœvenhaupt. Non! ce qui m'étonne, c'est que plus tard Bonaparte, premier consul, puis empereur, ait toléré cette existence fastueuse d'un conservateur des eaux et forêts, lui qui voyait si juste et si loin en tout ce qui l'intéressait personnellement.

Il fut peut-être ébloui par l'arbre généalogique des Lœvenhaupt, car les grandes et les petites dynasties étaient son faible

Quoi qu'il en soit, cela dura vingt ans, et, dans ces vingt ans, de vieilles dynasties disparurent, d'autres s'élevèrent, la guerre parcourut le monde, la carte de l'Europe fut remaniée plusieurs fois, les traités se firent et se défirent d'année en année, les opinions, les préjugés changèrent, la noblesse rentra dans ses domaines, l'Église se rétablit par la volonté d'un seul homme, mille fortunes grandirent grâce à ces événements, et M. le conservateur Rosenthâl était toujours là, souriant à Françoise dans son cadre ovale; rien ne l'émouvait.

Dans l'intervalle, Jean-Baptiste avait gagné des batailles, il était devenu général de brigade, général de division, ambassadeur à Vienne, maréchal de France, gouverneur du Hanovre, prince de Ponte-Corvo, gouverneur de la ligue hanséatique, prince royal de Suède!

Françoise, à chacune de ses promotions, avait écrit à Jean-Baptiste un mot du cœur, pour le féliciter de sa prospérité. Bernadotte lui avait répondu gracieusement.

Les vieux amis seuls comptent dans l'existence; seuls ils savent le chemin parcouru, leur admiration sympathique nous touche; les autres trop souvent sont les courtisans de la fortune.

A Pirmasens, les visites, les compliments, les congratulations, les arbres de Noel, toutes les petites cérémonies des petites cours d'Allemagne d'autrefois se poursuivaient imperturbablement selon l'étiquette.

Une sorte de liaison affectueuse s'était établie entre M. le conservateur von Lœvenhaupt et les populations naïves du Hundstruck, dont il finissait par se croire le protecteur naturel, à la manière des bons rois, pères de leurs sujets.

Oui! le brave homme se berçait de cette illusion; cela lui faisait du bien de le croire.

Du reste, il n'avait jamais vu ses administrés plus soumis, plus dévoués; on lui souriait, on le saluait de loin, quand tout à coup les figures s'assombrirent. La chance commençait à tourner; les Français, toujours vainqueurs, éprouvaient des défaites!

Alors il arriva comme il est dit au livre de Job :

« Un messager vint à Job et lui dit : — Les bœufs labouraient et les ânesses paissaient auprès; et ceux de Scéba se sont jetés dessus et les ont pris, et ils ont passé les serviteurs au fil de l'épée, et je suis échappé moi seul, pour te le rapporter.

« Cet homme parlait encore, lorsqu'un autre vint et lui dit : — Le feu de Dieu est tombé des cieux, et il a brûlé les brebis et les serviteurs, et les a consumés; et je suis échappé moi seul, pour te le rapporter.

« Cet homme parlait encore, lorsqu'un autre vint et lui dit : — Les Chaldéens, rangés en trois bandes, se sont jetés sur les chameaux et les ont pris, ils ont passé les serviteurs au fil de l'épée; et je suis échappé moi seul, pour te le rapporter.

« Cet homme parlait encore, lorsqu'un autre vint et lui dit Tes fils et tes filles mangeaient et buvaient dans la maison de leur frère aîné;

« Et voici, un grand vent s'est levé au delà du désert, qui a donné contre les quatre coins de la maison, si fortement qu'elle est tombée sur ces jeunes gens et qu'ils sont morts; et je suis échappé moi seul, pour te le rapporter. »

Or, ces messagers terribles, annonçant la fin des danses, des fêtes, des visites à Pirmasens, s'appelaient Baylen, Talavéra, Arapiles, Vittoria; ceux-là venaient du Midi.

Et d'autres s'appelaient Moscou, Bérézina, Kulm, Dennevitz, Groos-Beren; et ceux-là venaient du Nord, couverts de neige, sous la figure d'un kalmouk, la lance en arrêt au milieu d'une bande de loups et d'une volée de corbeaux.

Et tout le monde se prit à frémir, car ces messagers frappaient à toutes les portes, à toutes les fenêtres, criant d'une voix rauque :

« Hourra ! Nous voici !... La fin est venue !... »

Et le dernier de tous s'appelait Leipsick, et traînait derrière lui des charrettes innombrables de blessés, de morts et de mourants ; l'épouvante le suivait et la trahison aussi....

Dans la nuit du 31 décembre 1813 au 1er janvier 1814, l'ennemi passa le Rhin sur tous les points à la fois ; trahison ou négligence, on avait diminué les postes le long du fleuve et retiré les troupes des îles, au moment où les coalisés faisaient leurs préparatifs pour effectuer le passage.

L'Alsace et la Lorraine furent envahies ; nos régiments décimés se retiraient à marches forcées vers l'intérieur.

« Un jour, vers deux heures de l'après-midi, me dit la pauvre grand'mère Françoise, frissonnant encore à ce souvenir j'étais seule, avec ma petite fille dans les bras, regardant par une fenêtre du château, la grande route de Landsthul et rêvant à notre triste avenir.

« C'est par cette route que devaient arriver les alliés ; ils occupaient déjà Kaiserslautern, à quelques lieues de nous.

« Depuis la veille nous étions gardés à vue par le *kamerath* Piper, notre plus fidèle ami, celui qui venait chaque matin apporter en souriant à notre petite Anna des pommes d'api et des noix dorées, et à moi un bouquet de fleurs cueillies dans la serre, nous amusant de ses simagrées, et me racontant d'un ton papelard toutes les nouvelles et les commérages de la petite ville pour me faire rire.

« Le digne homme avait brusquement changé de mine ; à la tête d'une vingtaine de braves gens, il était accouru nous arrêter la veille, avec nos voitures de meubles, au moment où nous allions prendre la fuite du côté de Bitche ; il nous avait forcés de rentrer, en nous criant :

« — Restez chez vous, monsieur et madame Rosenthâl ! Nous répondons de vous sur notre tête ! Attendez les ordres de notre vertueux prince Yéri Hans, qui rentre enfin dans ses États, trop longtemps abandonnés aux Jacobins ! Lui seul décidera de votre sort ! »

« Nous étions enfermés, et je regardais la grande route, toute pâle, m'attendant d'une minute à l'autre à voir paraître nos ennemis innombrables.

« Rosenthâl ne pouvait plus sortir de sa chambre, étant gardé par deux paysans armés de fourches ; l'enfant pleurait ; une vieille servante lorraine, Marie-Anne Richier, et un vieux domestique alsacien, Zaphéry May, nous étaient seuls restés fidèles ; ils étaient enfermés avec nous.

« Et comme je regardais ainsi dans l'épouvante, voilà qu'une douzaine de hussards français paraissent à droite sur la lisière des forêts, descendant la côte pour gagner la route au fond du vallon.

« Ils marchaient à travers les champs couverts de neige, sans se presser ; leur chef, à cinquante pas des autres en avant, accroupi sur son cheval, les poils du colback sur les yeux, comme un barbet, le nez en l'air et ses énormes moustaches rousses en paraphes jusqu'aux oreilles, observait au loin le pays.

« Il me semblait, au premier abord, n'avoir jamais vu d'être plus barbare, avec sa pelisse râpée, ses lourds pantalons garnis de fausses bottes en cuir, les pieds carrément posés dans les étriers et le sabre ballottant à sa longue courroie.

« Le cheval noir, maigre, la crinière longue et la queue flottant jusqu'à terre, avait quelque chose de sauvage dans sa manière de porter sa tête en avant ; ce devait être un cheval hongrois ou cosaque, d'après l'idée que je m'en faisais.

« Et tout en regardant ce cavalier, qui s'en allait à la découverte, je ne sais quel lointain souvenir me faisait penser : « Ce n'est pas la première fois que tu vois cet homme ! »

« Les autres, tous de vieux soldats, les favoris taillés en brosse et les moustaches longues, avaient un air de ressemblance avec leur chef.

« On devinait que ces gens-là, depuis des mois et des années, n'avaient pas quitté la selle ; qu'ils étaient à cheval comme chez eux.

« Après avoir atteint la route, le chef, toujours en avant, gagna d'un temps de galop le haut de la colline à gauche, pour observer la route de Kaiserslautern ; il vit aussi de là Pirmasens au revers de la côte, derrière le château

« Cela fait, il revint au trot et se mit à parler avec animation à ses hommes : ses gestes étaient rapides, il montrait la direction de Landsthul et semblait dire que l'ennemi viendrait de là.

« Mais, tandis que j'observais cette scène, tournant les yeux par hasard vers Pirmasens, jugez de mon émotion en voyant déboucher de la grand'rue, derrière le mur de notre

En moins d'une seconde le hussard tua l'Autrichien. (Page 65.)

parc, une quinzaine de cavaliers en uniformes blancs et petits schakos à panaches ; ils longeaient les murs au triple galop et ne pouvaient apercevoir les hussards.

« Ceux-ci ne les attendaient pas non plus.

« Ces cavaliers étaient suivis de loin par une foule de gens, des bourgeois et des paysans, armés de bâtons ; à leur tête marchait M. le kanterrath Piper ; je compris aussitôt qu'une avant-garde autrichienne était arrivée le matin à Pirmasens, et qu'elle venait nous arrêter, sur la dénonciation de nos bons amis.

« Rosenthâl, enfermé dans le pavillon en face, les voyait aussi venir, comme il me l'a dit plus tard.

« Notre situation devenait bien pénible et dangereuse ; toute cette foule qui suivait allait nous maltraiter et j'en tremblais surtout pour mon enfant.

« Mais, grâce au ciel, nous devions être sauvés.

« En débouchant sur la route, après avoir dépassé le mur du parc, les cavaliers allemands se trouvèrent à deux ou trois cents pas des hussards, qui regardaient vers Landstuhl, et ceux-ci, se retournant au bruit du galop, reconnurent l'ennemi.

« Aussitôt les sabres furent tirés.

« L'officier des hussards, je le verrai toute ma vie, partit le premier, fondant sur l'officier autrichien comme un épervier.

« Surpris par cette brusque attaque, l'Allemand [illegible] un à gauche pour se dérober, et,

« Elle vous ressemble! » (Page 66.)

piquant son cheval, il bondit par-dessus le petit mur de notre cour; mais l'autre le suivit comme s'il avait eu des ailes; et là, sous mes yeux, d'un coup de pointe, en moins d'une seconde, le hussard tua l'Autrichien.

« J'avais à peine eu le temps de le voir, qu'il avait déjà repassé le mur, et tombait au milieu de la mêlée; à chaque coup, il mettait son homme à terre, — et dans ce moment, au milieu de l'épouvante, une idée me traversa l'esprit, je criai :

« — C'est Zimmer!... »

« Je l'avais reconnu.

« Et comme j'ouvrais la fenêtre, tenant ma petite sur le bras, pour appeler au secours, les Autrichiens filaient déjà dans la direction de Wissembourg, laissant cinq des leurs sur la route.

« Tous les braves gens qui nous gardaient au château s'étaient échappés par l'avenue du parc. Je descendis le grand escalier en courant.

« Dans la cour, je vis l'officier autrichien; — un grand blond, la poitrine couverte de décorations; — je le vis étendu, les bras en croix, comme pour m'arrêter; mais, la peur me prêtant du courage, je passai sur lui, poussant la porte de la cour et criant comme une malheureuse :

« — Zimmer!... Zimmer, sauvez-nous! sauvez mon enfant! sauvez-moi! »

« Alors l'officier des hussards, qui tenait encore son sabre rouge de sang à la main, se retourna.

« Ses hommes aussi se retournèrent, me regardant.

« Je levais l'enfant ; et Zimmer, car c'était lui, me regardant de ses yeux gris, s'écria d'une voix brusque et joyeuse :

« — C'est Françoise!... Oui! c'est Françoise!... C'est vous, Françoise? »

« Et en même temps il était à terre, il me prenait dans ses grandes mains, me levait et disait en m'embrassant sur les joues :

« — C'est elle!... Ah! Françoise, ai-je pensé à vous depuis vingt ans! On a beau dire, il n'y a que les premières amours qui vaillent. »

« Je lui tendais la petite qui pleurait; il la regarda et dit :

« — Elle vous ressemble! Ma foi! qu'elle ait peur des moustaches ou non, il faut que je l'embrasse. »

« Tous ses hommes, à cheval autour de nous, et encore frémissants du combat, nous regardaient comme attendris.

« Après cela, que vous dirai-je?

« Zimmer remit son sabre au fourreau et dit à ses hussards :

« — Pied à terre! Les autres sont loin! Ils ne vont pas revenir de sitôt; mais c'est égal, que deux hommes restent en observation ici et là. Qu'on ouvre l'œil! »

« Il indiquait les deux directions de Landstuhl et de Wissembourg.

« Puis, ayant donné la bride de son cheval à l'un d'eux, il me prit par le bras, comme autrefois, en s'écriant :

« — Montons, Françoise! »

« Rosenthâl venait de descendre dans la cour; ils se reconnurent et s'embrassèrent.

« En haut, dans le salon, je dis en quelques mots à Zimmer notre position, et nous reconnûmes alors qu'il avait appris bien des choses dans ses vingt ans de guerre, car, appelant aussitôt par la fenêtre un de ses hussards, il lui donna l'ordre de monter tout de suite à cheval, de courir à l'Hôtel de Ville de Pirmasens et de commander, par ordre supérieur, deux mille rations de vivres : pain, viande, eau-de-vie, et du fourrage pour six cents chevaux, le tout pour dix heures du soir au plus tard, sous la responsabilité du bourgmestre et des notables de l'endroit.

« Après cela, riant, il nous dit :

« — Faites vos paquets! Mettez votre argent, vos effets les plus précieux, tout ce que vous voulez emporter, sur une solide voiture. — Vous avez des chevaux, eh bien! attelez-y les deux meilleurs; s'il en faut quatre, mettez-en quatre, car nous avons de vilains chemins sous bois jusqu'à Bitche; j'ai fait la guerre ici du temps de Custine, avec Houchard, et je m'en souviens; ils ne doivent pas s'être améliorés beaucoup depuis. — Et, à la nuit, sur le coup de sept heures, nous lèverons le pied, personne ne viendra nous arrêter; les bonnes gens de Pirmasens, en apprenant que deux mille hommes et six cents cavaliers français peuvent venir d'un instant à l'autre, ne bougeront pas plus de leurs baraques qu'un lièvre de son gîte. »

« Il clignait de l'œil.

« Nous étions émerveillés.

— « Allons, Françoise, reprit-il, dépêchons-nous; je vais passer l'inspection de votre garde-manger. — Vous devez avoir du bon vin. — Rosenthâl, arrive! nous allons casser une croûte. — Il faut aussi que mes hommes et mes chevaux aient leur compte. »

« Ils descendirent ensemble; et tout de suite, avec Marie-Anne et Zaphéri, je m'occupai de déménager dans une voiture ce que nous avions en mieux de linge, tapis et meubles de toute sorte.

« Cette voiture était grande, et pourtant qu'il fallut abandonner de choses qui nous conviendraient si bien aujourd'hui!

« Je n'emportai que nos deux portraits, la grande pendule d'albâtre, quelques tableaux de prix et mon coffret de nacre, avec les bagues, les colliers, les dentelles.

« Il fallut laisser les jolis sujets de chasse en terre cuite, les vases, les candélabres et une foule d'autres objets précieux dont les cheminées étaient chargées.

« Ah! que j'ai de regrets en pensant à tout cela. Mais nous étions si pressés!

« En bas, dans le grand salon, nous entendions Zimmer, Rosenthâl et les hussards boire, manger et rire malgré les malheurs de la campagne.

« Deux sentinelles restaient toujours en observation au dehors, les chevaux recevaient leur avoine. Ainsi la nuit venait.

« A Pirmasens, tous ceux qui le matin voulaient nous pendre, se dépêchaient de porter à l'Hôtel de Ville les rations demandées; nous entendions de loin les publications du bourgmestre, hâtant, à tous les coins de rue, les retardataires.

« A sept heures, la nuit était noire; je m'étais habillée d'une bonne robe fourrée; nos quatre meilleurs chevaux étaient à la voiture; je n'attendais plus que le moment du départ.

« Zimmer me fit prendre un verre de vin; il en mit deux bouteilles dans la paille de notre voiture et il m'obligea de manger un peu, nous annonçant que la nuit serait rude.

« Puis, ayant donné l'ordre à ses deux sentinelles de pousser une reconnaissance autour du château, pour s'assurer que personne n'épiait notre départ, nous partîmes dans la direction du fort de Bitche, sous l'escorte des hussards.

« Rosenthâl était aussi à cheval ; je tenais l'enfant sous ma palatine, chaudement enveloppée ; Marie-Anne était assise près de moi ; Zaphéri conduisait.

« Je ne pus m'empêcher de pleurer, en quittant cette belle résidence de Pirmasens, où nous avions passé tant de jours heureux, et me disant que nous ne la reverrions plus jamais.

« Une demi-heure après, nous entrions sous bois. Les grands flocons de neige qui tourbillonnaient autour de nous, les massifs d'arbres qui se dessinaient de loin en loin dans les ténèbres, le galop des cavaliers qui nous précédaient et nous suivaient, le brusque hennissement des chevaux, qui semblaient parfois se parler entre eux en trottant côte à côte, les cahots de la voiture et les mille autres détails d'un pareil voyage, à travers les dangers menaçants de la guerre, détachèrent insensiblement mon esprit de ces pensées mélancoliques ; je berçais doucement ma fille pour la rendormir, lorsqu'elle paraissait s'éveiller ; j'écoutais, je regardais.

« D'heure en heure, Zimmer, galopant près de moi, me demandait :

« — Eh bien, Françoise, comment êtes-vous ?... Avez-vous froid ?

« — Non, Zimmer, je suis très bien.

« — Et la petite ?

« — Elle dort.

« — Allons, tant mieux ! Pourvu qu'on n'ait pas fait sauter le pont, nous arriverons demain à Bitche. — Je suis renseigné : l'ennemi s'avance en Alsace sur notre gauche ; il doit être en ce moment à la hauteur de Bergzabern, de Wissembourg, de Haguenau ; il investit déjà Landau depuis hier, mais ses colonnes ne sont pas encore entrées dans la montagne ; sauf peut-être quelques partis de Cosaques, je ne vois rien qui puisse nous retarder. Si nous en rencontrons par hasard, il ne faudra pas vous effrayer ; nous leur souhaiterons le bonjour en passant. Vous n'êtes pas inquiète, Françoise ?

« — Oh non ! je sais que vous êtes là, Zimmer.

« — C'est bien ! je réponds de vous. Cela me fait plaisir, Françoise, de voir que vous êtes brave ! J'ai toujours pensé que vous étiez brave. »

« C'est ainsi que nous causions, tout en poursuivant notre chemin à travers ravins et broussailles.

« Rosenthâl ne disait rien ; il était consterné d'avoir perdu sa place, d'être chassé.

« Quel événement incroyable ! Être resté maître d'un pays pendant vingt ans, avoir vu toute la population à ses pieds et les premiers dignitaires dans ses antichambres, et se voir forcé de fuir comme des bandits, bien heureux encore d'échapper à l'exécration publique ! Quelle leçon pour ceux qui prétendent que la force prime le droit !

« Vers minuit, nous arrivions déjà sur l'ancien territoire français ; à chaque petit village forestier que nous rencontrions, les gens, éveillés par le bruit, venaient nous regarder tout effarés sur leurs portes, puis se dépêchaient de rentrer, croyant voir un détachement de Russes ou de Prussiens.

« Les anciens se rappelaient que Wurmser et Brunswick avaient passé chez eux vingt ans avant, et que, du jour au lendemain, une seule bataille les avait rejetés sur la rive droite.

« Malheureusement, les volontaires de 1792 n'étaient plus là, commandés par Hoche, Kléber ou Marceau ; leurs ossements, semés de Madrid à Moscou, ne se réveillaient plus, comme on l'a dit plus tard, au bruit du tambour.

« On se battait en l'honneur de Jérôme, de Joseph ou de Christophe depuis des années, et cela ne vous produisait plus le même effet que la patrie en danger.

« Ces pensées me venaient malgré moi, car rien ne vous ramène au bon sens comme de se trouver dans le malheur par sa propre faute.

« A partir de Bonaparte, chacun n'avait plus pensé qu'à soi ; les affaires du pays n'inquiétaient plus personne, parce que l'empereur voulait se charger de tout ; lui-même ne croyait qu'à la force, à l'armée ; et maintenant qu'il s'était fait battre, tout était perdu sans ressource.

« Mon pauvre Rosenthâl se trouvait dans la position d'un monarque mis à la la porte par ses sujets ; il en perdait la tête.

« Enfin, avant cinq heures nous arrivions sur la lisière des forêts ; et le jour commençait à poindre lorsque nous aperçûmes le fort de Bitche, tout au bout d'une vallée, à deux lieues devant nous.

« Zimmer ordonna de faire halte et regarda quelques instants le pays dans tous les sens, avec une lunette qu'il portait en sautoir.

« — Je ne vois rien, disait-il, le chemin est libre jusqu'à Bitche; vous y serez dans une heure. Moi, j'ai l'ordre d'observer la marche de l'ennemi en Alsace; je vais donc vous quitter ici, pour appuyer sur la gauche. A Bitche, vous rafraîchirez vos chevaux, vous déjeunerez, cela vous prendra deux heures; vous serez en sûreté sous le canon du fort, personne ne viendra vous piller au village.

« Après les deux heures, si les Cosaques n'ont encore paru nulle part, vous gagnerez la Petite-Pierre, par Saint-Louis, à travers les bois. Vous y serez entre six et sept heures du soir; le feu du fort vous couvrira dans le faubourg, et vous y resterez si les Cosaques se sont montrés dans les environs; mais, dans le cas contraire, après une heure de repos, vous pousserez d'un trait jusqu'à Phalsbourg et vous entrerez dans la place. Derrière de bons remparts, on est toujours plus en sûreté que dehors, car un hourra de Cosaques peut venir vous piller jusqu'au pied d'une demi-lune. C'est tout ce que j'avais à vous dire, et maintenant, Françoise, Rosenthâl, embrassons-nous! »

« Il m'embrassa sur la voiture, se penchant du haut de son cheval, puis l'enfant, Rosenthâl et lui se serrèrent la main.

« Zimmer allait commander le départ à ses hommes, lorsqu'une idée lui vint encore.

« — Un instant, s'écria-t-il, j'oubliais quelque chose. A Phalsbourg, vous pouvez trouver les portes fermées; le commandant de place Meunier est un de mes vieux amis; vous lui ferez passer ce billet, et le pont-levis s'abaissera pour vous. »

« En même temps, tirant un calepin de sa sabretache, il griffonna le billet suivant sur le pommeau de sa selle: « Mon cher Meunier, « je te recommande de bons amis; je te les « recommande chaudement; tout ce que tu « feras pour eux, tu le feras pour ton vieux « camarade Zimmer, chef d'escadron au « 6e hussards. 2 janvier 1814.

« — Voilà, Françoise, serrez cela dans une de vos poches; ce petit passe-port pourra vous rendre des services pendant le blocus. Et sur ce, les amis, bon courage! Vous avez douze heures d'avance, tâchez d'en profiter! Hussards, en avant! »

« Ils partirent comme un ouragan, dans la direction de Niederbronn, pour rattraper le temps perdu, et nous poursuivîmes notre chemin au trot vers le fort.

« Nous suivîmes de point en point les avis de Zimmer; il fallut prendre à Bitche un guide pour la Petite-Pierre. Les chemins, défoncés par les grandes pluies d'automne, furent peut-être cause que les Wurtembergeois, remontant le défilé de Dôsenheim, ne nous coupèrent pas en route; à la Petite-Pierre, ils arrivèrent une heure après notre passage, comme nous l'avons appris plus tard d'un vieux garde forestier.

« Et le lendemain, à deux heures de la nuit, en sortant des gorges du Graufthal, sur le plateaux de Phalsbourg, nous n'eûmes que le temps de gagner l'avancée, car les Cosaques battaient la plaine; s'il avait fait jour, nous aurions été enlevés.

« Les portes de la place étaient fermées. — Un homme des Trois-Maisons porta notre billet au commandant Meunier, qui donna l'ordre de nous laisser entrer; il fallut baisser les ponts-levis, et notre voiture passa sous l'escorte d'une patrouille de vétérans.

« Nous entrions à peine sous la voûte de l'auberge de la ville de Bâle, que les obus tombaient en ville et nous forçaient de courir aux casemates, où le commandant vint nous voir et nous fit distribuer des effets de literie.

« Nous reçûmes aussi des vivres pendant toute la durée du blocus; Zimmer nous protégeait encore!

« Après la capitulation de Paris et le licenciement de l'armée, nous étions bien tombés! Rosenthâl, la tête penchée, dans un abattement incroyable, restait des journées sans murmurer un mot.

« Ma petite Anna semblait elle-même avoir conservé le souvenir de notre ancienne fortune; elle dépérissait.

« Il nous fallut supporter un second blocus après les Cent-Jours et Waterloo.

« Les quelques mille francs que j'avais sauvés de notre naufrage ne pouvaient suffire longtemps à notre entretien; nous apprîmes aussi la mort de notre excellent ami Zimmer, enlevé par un boulet à la bataille de Ligny.

Rosenthâl, après être tombé dans un état d'abattement, s'exalta tout à coup et se mit à parler de Catinette la Marseillaise, qu'il accusait d'avoir volé sa couronne de Suède, pour la donner à Bernadotte; il se reprochait aussi d'avoir laissé son arbre généalogique à Pirmasens et voulait retourner là-bas pour le réclamer; toutes mes observations ne servaient plus à rien, et je crois bien qu'il aurait complètement perdu la raison, s'il n'avait toujours eu un bon fond de piété, qui finit par le porter tout doucement à la résignation, avec l'aide de M. le pasteur Diedrich, homme d'un grand bons sens, qui ne cessait de lui répéter que toutes les couronnes de ce monde ne sont rien auprès de la couronne des élus, et l'engageait à la mériter par sa soumission aux décrets de la Providence.

« A cette époque, tous les anciens soldats de l'empire reprochaient à Bernadotte d'être entré dans la coalition contre la France; ils avaient raison, on ne doit jamais porter les armes contre sa patrie!... Mais, comme nous étions alors très malheureux et que mon premier devoir était de songer à l'avenir de ma fille, tout ce qu'on disait contre lui ne m'empêcha pas d'implorer encore une fois son secours.

« Il nous fit une pension, qui nous permit de revenir à Sainte-Suzanne et d'y vivre honorablement. »

Ainsi se termina le récit de la grand'mère Françoise. Je l'avais écoutée en me promenant de long en large tout pensif; et, ne me voyant faire aucune réflexion, elle me demanda :

« Croyez-vous à la destinée, Jean-Baptiste? Croyez-vous que notre sort soit marqué d'avance? »

Cette question m'embarrassait, et seulement au bout d'un instant je lui répondis :

« Je crois, grand'mère, que Catinette la Marseillaise était une excellente physionomiste, qu'elle avait reconnu chez Bernadotte du génie et chez Zimmer du courage, chez vous de l'esprit, et chez Rosenthâl de la crédulité et un grain de folie.

« D'après cela, ses prédictions s'expliquent sans difficulté; elle en faisait sans doute du même genre à beaucoup d'autres.

« Au milieu des grandes agitations et des événements extraordinaires qui se succédèrent alors, quelques-unes de ses prédictions ont pu se réaliser; d'autres ont échoué, selon l'ordre naturel des choses.

« Je crois que dans toute loterie il y a de gros lots, qui nécessairement seront gagnés par quelqu'un; mais quant à savoir d'avance qui les gagnera, c'est impossible.

« Je crois aussi qu'un chêne ne peut pas devenir un sapin et qu'un sapin ne peut devenir un chêne, leur destinée étant arrêtée et délimitée par leur nature même.

« Les circonstances peuvent favoriser, retarder ou suspendre le développement des êtres, mais elles ne peuvent les transformer dans leur essence, parce que le germe trace toutes les phases de l'existence individuelle de tout ce qui naît, croît et meurt; chacun les subit, selon son genre ou son espèce.

« Je ne crois pas du tout à la prédestination absolue dans l'humanité, parce que je crois à la justice de Dieu et à la liberté de l'homme. »

FIN DES TROIS AMOUREUX DE LA GRAND'MÈRE.

LA
VISION DE M. NICOLAS POIRIER

PROFESSEUR DE PHILOSOPHIE

L'autre jour, un écrivain de grand talent, et fort érudit, disait à l'Académie française que la passion de la vérité procure au savant toutes les douceurs de la foi naïve; qu'il trouve dans la vérité tout le calme, toute la sécurité et toutes les consolations que le vulgaire puise dans une croyance aveugle à la justice éternelle.

Je ne suis pas de son avis; les grandes vérités ne sont pas consolantes.

Dans l'ordre de la nature, la vérité c'est que les renards étranglent les poules, que les éperviers plument les pigeons, que les brochets avalent les carpes et que la force prime le droit partout et toujours, sans aucune exception.

Dans l'ordre humain, la vérité c'est que Socrate boit la ciguë, que Démosthènes s'empoisonne pour échapper à ses ennemis, que Marc-Antoine cloue la langue de Cicéron à la tribune aux harangues, que le Christ sur la croix perd la foi et crie désespéré : « Mon père, pourquoi m'avez-vous abandonné? » et cætera, et cætera, et cætera!

La vérité, c'est que les inventeurs meurent à l'hôpital, que les exploiteurs s'enrichissent, et qu'une fois sur cent mille, les filous et les scélérats, à force d'orgueil, se perdent eux-mêmes et s'étalent dans la fange aux yeux de l'univers ébahi. La vérité...

Bon! nous savons cela, direz-vous, c'est de l'histoire ancienne; mais, votre conclusion?

Ma conclusion, c'est que les illusions valent mieux que les vérités, parce qu'elles nous entretiennent en bonne santé et que les vérités nous rendent mélancoliques.

Notre cher pays de France n'a jamais vécu que d'illusions; c'est par son courage à les soutenir, qu'il s'élève au-dessus des peuples soumis à la réalité brutale et matérielle.

Il faut pourtant aujourd'hui revenir à la réalité, pour réformer les illusions surannées, comme on réforme les vieux canons et les vieux chevaux hors de service; mais il faudra trouver de nouvelles illusions, pour recommencer l'éternelle bataille : l'illusion, c'est le grand ressort du progrès; la réalité, c'est l'obstacle.

On dit que les lois de la nature sont immuables. Alors le progrès n'est qu'une mauvaise plaisanterie! Couchons-nous, laissons aller la machine; elle va toute seule, on ne peut rien y changer... A moins que l'homme ne soit supérieur à la nature, qu'il soit un esprit libre, indépendant du corps, comme je le pense envers et contre tous.

Oui, je crois à la justice future, ce qui ne m'empêche pas de la vouloir dans le présent. Aussi jamais ouvrage ne m'a plus vexé que celui de Darwin, qui nous fait descendre d'un grand singe venu des bords du Gange.

Dans ce cas, nous serions des singes; il faudrait accorder une âme immortelle à tous les singes, ou renoncer à la nôtre. Pourquoi une famille de singes aurait-elle un privilège que les autres n'ont pas?

Cette question m'a beaucoup tracassé, et, toute réflexion faite, j'incline à croire maintenant que les singes ont tous leur âme. Une vision merveilleuse, que je vais vous raconter, vient à l'appui de mon opinion.

Dimanche dernier, dans l'après-midi, ma servante étant sortie pour aller aux vêpres, et la chaleur du jour, vers trois heures, étant accablante, je m'endormis en lisant Darwin.

Ma fenêtre était ouverte sur le jardin des Chartreux, le frémissement du feuillage arrivait vaguement à mon oreille, un léger souffle de la brise me caressait les joues. Et voilà que je me vis, en rêve, transporté sur les rives du Gange, non loin de Bénarès.

J'étais assis à l'ombre d'un grand tamarinier, le fleuve sacré se déroulait devant moi comme un lac tout blanc de lumière, et sur ses bords s'étendait une forêt immense de palmiers, de bananiers et d'autres plantes exotiques dont les flèches, les parasols, les éventails se confondaient à perte de vue.

Et tandis que je contemplais, tout émerveillé, ce paysage splendide, un faible bruit dans le feuillage au-dessus de moi attire mon attention; je lève les yeux et je vois... devinez ce que je vois?

Je me vois moi-même, moi, Nicolas Poirier, professeur de philosophie au collège de Sainte-Suzanne, sous la forme d'un chimpanzé, accroché par l'une de mes pattes à la branche inférieure du tamarinier, en train de me faire des grimaces à moi-même.

Jugez de ma stupeur!

Comprenant aussitôt que mon corps s'était détaché de mon âme et gambadait ainsi dans cette forêt solitaire, je fus consterné.

« S'il s'éloigne au fond du bois, me dis-je, il ne reviendra jamais, et je resterai seul ici avec ma métaphysique pour toute consolation. »

Cette pensée me fit frémir; je voulus sommer mon « non-moi » de reprendre tout de suite sa place habituelle, mais la crainte de l'effaroucher modifia mes idées et, d'un ton conciliant, je lui dis :

« Allons! allons! mon cher Nicolas, voyons... Est-ce que cette posture convient à la dignité de ton caractère? Est-ce qu'un professeur de philosophie doit se suspendre aux branches d'un arbre? Est-ce que c'est convenable?... Arrive, mon ami, rentre dans les convenances. »

Mais le chimpanzé, après m'avoir répondu par deux ou trois grimaces, en se grattant les fesses, me dit :

« Ah! çà, me prends-tu pour une bête, esprit orgueilleux et stupide? Moi, descendre de mon arbre, pour m'asseoir encore dans ton vieux fauteuil et me crever les yeux à déchiffrer des contes à dormir debout? Ah! tu ne me connais guère, si tu comptes là-dessus... Non, non! Je suis bien sur mon arbre et j'y reste... jusqu'à ce que la fantaisie me prenne d'aller grignoter là-bas quelques amandes ou de me régaler de noix de coco. Voilà maintenant mon affaire! Toi, fais ce que tu voudras... disserte, rêve, radote... cela te regarde... j'en ai bien assez! »

A cette réponse impertinente, j'eus bien envie de me fâcher; mais, pour la seconde fois, songeant que ce ne serait pas un bon moyen de faire revenir le « non-moi », je résolus de le convaincre par la force de ma logique et, d'un accent attendri, je m'écriai :

« Je comprends, mon cher Nicolas, la velléité de liberté qui te prend; l'envie de te dégourdir était assez naturelle, après être resté trente ans au repos. Mais cette escapade suffit, il faut écouter la raison. Viens, mon ami... viens!

— Écoute, interrompit le chimpanzé, depuis longtemps je sais ce que tu me réserves; je sais que tu te distingues absolument de moi, qui suis ton propre corps et ta propre vie; que tu prétends me survivre, après m'avoir fait peiner, suer, pour satisfaire ta vanité. Tu me l'as signifié cent fois pendant que nous étions ensemble sous la même enveloppe. Tu m'as dit : « Toi, corps, tu mourras! tu tomberas en poussière, après avoir été enterré en cérémonie; mais moi, Esprit, je suis d'une autre essence que la tienne; mon essence est une, indivisible; elle est immortelle, hors de l'Espace et du Temps; le temps ne peut rien sur elle. Toi, tu es fait pour être mangé par les vers! — Est-ce vrai, l'as-tu dit? »

Je ne pouvais le nier, mon corps ayant vécu cinquante ans dans ma plus intime confidence; et d'ailleurs j'avais professé la chose en chaire, selon le programme de l'Université; je ne pouvais donc contester le fait, et le chimpanzé, me voyant embarrassé, se reprit à me faire des grimaces, en poussant des éclats de rire d'un air de triomphe.

La patience m'échappait.

« Vas-tu bientôt descendre? m'écriai-je; je suis las de tout ce verbiage. C'est moi qui commande... moi, l'Esprit! et la matière doit obéir.

— Tu m'as dit cela cent fois, fit le singe en ricanant, et j'ai eu la bêtise de te croire. Mais les temps sont changés!... Reste dans ton fauteuil, moi je vais voltiger là-bas, me balancer aux lianes et tâcher de découvrir quelque jolie guenon pour embellir mon existence. »

Je me vois en train de me faire des grimaces à moi-même. (Page 71.)

A cette menace, un frémissement d'épouvante me saisit, et, radoucissant ma voix, je lui dis :

« Eh bien oui ! J'ai dit ce qu'on répète depuis six mille ans; il est clair que le corps tombe en poussière; je n'en suis pas cause, c'est un fait, et tout animal raisonnable doit se soumettre aux faits positifs, matériels. A quoi bon contester? Cela tombe sous le sens. Mais l'Esprit, invisible, impalpable, est nécessairement immortel. »

Alors, entendant cela, mon chimpanzé se mit à pousser des éclats de rire sans fin, en claquant des mâchoires et répétant :

« L'Esprit est immortel ! immortel ! hé! hé! hé ! Elle est bonne, la farce ! immortel ! »

Il se tapait sur les cuisses et faisait de telles contorsions, que j'eus peur de le voir tomber de son arbre et me mis à lui crier :

« Accroche-toi donc, animal ! Tiens-toi donc mieux! Avec toutes tes extravagances, tu finiras par te casser le cou, et moi... moi ici, sans corps, qu'est-ce que je deviendrai? Comment monter en chaire et me faire reconnaître des élèves? »

Ces raisons parurent toucher le singe, car il était intéressé à sa conservation autant que moi... Puis, ayant repris son aplomb, il continua :

« Tu es immortel et moi je dois disparaître! Nous n'avons pourtant qu'un seul « moi »; depuis cinquante ans nous travaillons ensemble au développement de ce « moi » l'un et l'autre; j'ai souffert autant et plus que toi des privations qu'il a fallu nous imposer pour ta grandeur. En a-t-il fallu passer des jours et des nuits à piocher du latin, du grec, de l'hébreu, du sanscrit, sans parler des langues vivantes, pour obtenir notre chaire de philosophie! Et maintenant je devrais périr, tandis que tu me survivrais dans une existence de satisfaction et de félicité inaltérable jusqu'à la consommation des siècles? Allons donc, c'est contraire au bon sens. Où serait la justice éternelle, dont tu parles toujours? »

Mon esprit, ne trouvant rien à répondre, s'écria : « Tais-toi! »

Mais aussitôt, sentant la nécessité d'amadouer cet animal subtil par des raisons quelconques, j'ajoutai :

« Tes souffrances physiques n'étaient rien auprès de mes souffrances intellectuelles et morales; d'ailleurs, elles se trouvaient compensées par une foule de plaisirs en rapport avec ta nature; je ne te refusais jamais rien. Dès que mes moyens me l'ont permis, je t'ai vêtu d'un bel habit marron et je t'ai chaussé de souliers vernis, selon le goût que tu m'as toujours manifesté; les gilets, les cravates à la mode, les pantalons de saison ne t'ont pas manqué, car ta vanité n'était pas moindre que la mienne : il te fallait du linge blanc, des breloques à ta montre, toutes choses dont je me serais bien passé sans toi. Et ta gourmandise, je n'en ai jamais vu de pareille!... Avons-nous crié, chanté, festoyé au Prado, à la Chaumière! Combien de saucisses à la choucroute, de tranches de jambon et d'écrevisses n'as-tu pas avalées à la brasserie de Strasbourg, rue de la Harpe? Est-ce que je t'en ai jamais fait le moindre reproche? Même lorsque mes poches étaient à sec et qu'il fallait demander crédit... ai-je hésité? Je ne parle pas des chopes innombrables qui t'ont passé par le gosier; cela ferait des milliers de mesures, si l'on voulait compter. Et les cigares!... et la musique!... et le théâtre!... et le reste!... »

Mon chimpanzé clignait de l'œil avec impatience.

« C'est bon, fit-il, tu ne t'es jamais rien refusé non plus, et mille fois tu m'as privé des choses les plus nécessaires, pour garnir ta bibliothèque de quelque nouveau bouquin et satisfaire ta vaine curiosité. Dans les premiers temps surtout, il m'a fallu passer des hivers sans feu, l'onglée aux pattes et l'estomac vide.

— J'en ai souffert plus que toi, lui dis-je, les privations m'exténuaient et la peur de te perdre me donnait la fièvre.

— Ah! s'écria le gueux de singe, pour avoir si peur, il ne fallait pas être bien sûr de me survivre!... Dis ce que tu voudras, nous finirons ensemble, tu ne me survivras pas d'une seconde; quand je dors, nous perdons le sentiment du « moi » tous les deux; quand je commence à me réveiller, tu rêves, tu radotes; quand j'ouvre un œil, tu ressuscites; quand je suis malade et que tu soupçonnes la moindre lésion dangereuse en moi, tu ne sais plus à quel saint te vouer. Va, ton affaire est aussi claire que la mienne; berce-toi de douces illusions, nous n'en partirons pas moins bras dessus, bras dessous. »

Il se tut et, me voyant réduit à *quia*, l'animal poursuivit avec un redoublement d'insolence :

« Autrefois, du temps des Égyptiens, on me faisait embaumer après ma mort, et je restais des centaines d'années à l'état de momie. C'était un juste hommage rendu à mes services; l'honneur d'être enveloppé de bandelettes sacrées et farci de parfums rares me consolait un peu de mon vivant. Mais à cette heure tu me dédaignes, tu crois t'élever en méprisant ton propre corps. Ce n'est pourtant qu'une comédie de ta part. Te souviens-tu de notre rhumatisme tombé sur l'estomac, quand le docteur Boniface nous avait condamnés tous les deux? Je n'ai pu m'empêcher de rire alors, malgré la tristesse du moment, de la mine que tu faisais en recevant les dernières consolations de ce monde terrestre; les grands mots latins qu'on te débitait n'avaient pas l'air de te rassurer beaucoup sur ton sort final, et, pour me conserver encore seulement deux ou trois ans, tu n'aurais pas hésité une minute à sacrifier ta vie éternelle. Allons, avoue-le! sois franc vis-à-vis de toi-même... Est-ce vrai? »

J'étais confondu de son impudence; puis, avec un mouvement d'indignation et comme dernière ressource, me frappant la poitrine, je m'écriai :

« Je pense... donc je suis! »

Et le chimpanzé, imitant mon geste et se caressant le ventre d'un air goguenard, s'écria :

« Je digère... donc je suis! »

Il osa même ajouter avec ironie :

« On peut douter de tout, hors que l'on digère... car pour douter, il faut digérer, le doute est une face de la bonne digestion! »

Tant d'audace méritait d'être châtié. Je me levais pour mettre le drôle à la raison, quand j'aperçus dans l'ombre profonde du feuillage un objet qui s'agitait. Et, regardant mieux, je reconnus avec horreur la tête plate d'un de ces énormes serpents des marais du Gange, dont les singes sont le plus grand régal.

Sa queue se détachait de la cime du tamarinier, et son ventre écailleux glissait en ondulant sans bruit sur les rameaux inférieurs. Un cri d'épouvante partit du fond de mes entrailles :

« Sauve-toi! »

Et le chimpanzé, apercevant du coin de l'œil l'affreux reptile, fit un bond prodigieux.

Il était trop tard : le python l'avait suivi comme une flèche, et j'entendais déjà craquer ses os, quand heureusement ma servante, rentrant des vêpres, ouvrit la porte en me demandant :

« Monsieur vient d'appeler? »

Quelle chance!... Il me semblait sentir se hérisser tous les poils de mon corps, et je bégayai :

« Ce n'est rien, Jeannette... ce n'est rien.. je viens d'éternuer. »

Voilà pourtant à quelles émotions on s'expose en lisant les œuvres d'un Darwin!

Qu'est-ce qu'un système qui vous fait tout voir en noir? qui réduit tous les êtres à l'état de machines plus ou moins perfectionnées, selon des lois immuables?

Je trouve ma vision, toute tragique qu'en soit la fin, plus consolante que toutes ces démonstrations prétendues positives.

Elle prouve que notre corps c'est le singe gourmand, menteur, envieux, insolent, impudique, qui transmet à sa postérité tous ses défauts abominables, sous le nom de péché originel, et que l'âme c'est l'homme libre, l'esprit indépendant de la matière, chargé de corriger toutes ces infirmités de la nature animale, par la raison et le bon sens.

Voilà mon explication; ceux qui ne la trouveront pas bonne seront bien difficiles, et j'attends d'eux qu'ils m'en donnent une meilleure.

FIN DE LA VISION DE M. NICOLAS POIRIER

TABLE DES MATIÈRES

ŒUVRES ILLUSTRÉES DE VICTOR HUGO

LES MISÉRABLES. Prix relié 25 fr. — Toile 23 fr. — Broché........ 20 »

Romans :

Édition contenant : NOTRE-DAME DE PARIS, HAN D'ISLANDE, BUG-JARGAL, DERNIER JOUR D'UN CONDAMNÉ et CLAUDE GUEUX. Prix relié 14 fr. Toile 12 fr. Broché........ 9 fr.

Théâtre :

Édition contenant : CROMWELL, RUY-BLAS, MARION DELORME, MARIE TUDOR, LA ESMERALDA, HERNANI, LE ROI S'AMUSE, ANGELO, LES BURGRAVES, LUCRÈCE BORGIA. Prix relié 11 fr. Toile 10 fr. Br. 7 fr.

Poésies :

ODES ET BALLADES........ 1 80
VOIX INTÉRIEURES. — RAYONS ET OMBRES. 1 35
ORIENTALES........ » 75
FEUILLES D'AUTOMNE. — CHANTS DU CRÉPUSCULE........ 1 35
Réunis en un volume grand in-8. — Prix relié 9 fr. — Toile 7 fr. — Broché........ 4 50
LES CHATIMENTS........ 1 30

TRAVAILLEURS DE LA MER. — Gr. in-8. — Pr. rel. 8 fr. 50. — Toile 6 fr. — Broché........ 4 »

RHIN. Gr. in-8. — Prix rel. 9 fr. — Toile 7 fr. — Br 4 50

Œuvres poétiques elzéviriennes :

Sur papier vergé de Hollande ornées par Froment.

ODES ET BALLADES. 1 vol... 7 50
ORIENTALES 1 vol... 4 »
FEUILLES D'AUTOMNE. 1 vol... 4 »
CHANTS DU CRÉPUSCULE. 1 vol... 4 »
VOIX INTÉRIEURES. 1 vol... 4 »
RAYONS ET OMBRES. 1 vol... 4 »
CONTEMPLATIONS. 2 vol... 15 »
LÉGENDE DES SIÈCLES 1 vol... 7 50
CHANSONS DES RUES ET DES BOIS. 1 vol... 7 50

Volumes in-18, sans gravures, à 2 fr.

NAPOLÉON LE PETIT. 1 vol. in-18........ 2 »
LES CHATIMENTS. 1 vol. in-18........ 2 »

ŒUVRES ILLUSTRÉES DE JULES VERNE

Voyages extraordinaires couronnés par l'Académie française :

AVENTURES DU CAPITAINE HATTERAS. — 1 vol. grand in-8 relié 14 fr. — Toile 12 fr. — Broché. 9 »
VOYAGE AU CENTRE DE LA TERRE. — 1 vol. in-8, toile 7 fr. — Broché........ 5 »
CINQ SEMAINES EN BALLON. — 1 vol. in 8, toile 7 fr. — Broché........ 5 »
Ces deux ouvrages sont réunis aussi en un seul volume gr. in-8, relié 14 fr. — Toile 12 fr. — Broché. 9 »
DE LA TERRE A LA LUNE. — 1 vol. in-8, toile 7 fr. — Broché........ 5 »
AUTOUR DE LA LUNE. — 1 vol. in-8. — Toile 7 fr. — Broché........ 5 »
Ces deux ouvrages sont réunis aussi en un seul vol. grand in-8. — Relié 14 fr. — Toile 12 fr. — Br. 9 »
UNE VILLE FLOTTANTE. — 1 vol. in-8. — Toile 7 fr. — Broché........ 5 »
AVENTURES DE 3 RUSSES ET DE 3 ANGLAIS. — 1 vol. in-8. — Toile 7 fr. — Broché........ 5 »
Ces deux ouvrages sont réunis aussi en un seul vol. grand in-8. — Relié 14 fr. — Toile 12 fr. — Br. 9 »
LES ENFANTS DU CAPITAINE GRANT. — 1 vol. gr. in-8, relié 15 fr. — Toile 13 fr. — Broché. 10 »
VINGT MILLE LIEUES SOUS LES MERS. — 1 vol. gr. in-8, relié 12 fr. — Toile 12 fr. — Broché........ 9 »
LE TOUR DU MONDE EN 80 JOURS. — 1 vol. in-8. — Toile 7 fr. — Broché........ 5 »
LE DOCTEUR OX. — 1 vol. in-8. — Toile 7 fr. — Br. 5 »
Ces deux ouvrages sont réunis aussi en un seul volume gr. in-8. — Rel. 14 fr. — Toile 12 fr. — Br. 9 »

LE PAYS DES FOURRURES. — 1 vol. in-8. — Relié 14 fr. — Toile 12 fr. — Broché........ 9 »
LES INDES NOIRES. — 1 vol. in-8. — Toile 7 fr. — Br. 5 »
LE CHANCELLOR. — 1 vol. in-8. — Toile 7 fr. — Br. 5 »
Ces deux ouvrages sont réunis aussi en un seul vol. gr. in-8. — Relié 14 fr. — Toile 12 fr. — Broché. 9 »
L'ILE MYSTÉRIEUSE. — 1 vol. gr. in-8. — Rel. 15 fr. — Toile 13 fr. — Broché........ 10 »
MICHEL STROGOFF. — 1 vol. gr. in-8. — Relié 14 fr. — Toile 12 fr. — Broché........ 9 »
HECTOR SERVADAC. — 1 vol. gr. in-8. — Relié 14 fr. — Toile 12 fr. — Broché........ 9 »
UN CAPITAINE DE QUINZE ANS. 1 vol. gr. in-8. — Relié 14 fr. — Toile 12 fr. — Broché........ 9 »
LES TRIBULATIONS D'UN CHINOIS EN CHINE. — 1 vol. in-8. — Toile 7 fr. — Broché........ 5 »
LES CINQ CENTS MILLIONS DE LA BÉGUM. — 1 vol. in-8. — Toile 7 fr. — Broché........ 5 »
Ces deux ouvrages sont réunis aussi en un seul volume gr. in-8. — Relié 14 fr. — Toile 12 fr. — Br. 9 »
LA MAISON A VAPEUR. — 1 vol. grand in-8 — Relié 14 fr. — Toile 12 fr. — Broché........ 9 »
LA DÉCOUVERTE DE LA TERRE. — 1 vol. gr. in-8. — Relié 12 fr. — Toile 10 fr. — Broché........ 7 »
LES GRANDS NAVIGATEURS DU XVIIIe SIÈCLE. — 1 vol. grand in-8. — Relié 12 fr. — Toile 10 fr. — Broché........ 7 »
LES VOYAGEURS DU XIXe SIÈCLE. — 1 vol. grand in-8. — Relié 12 fr. — Toile 10 fr. — Broché........ 7 »

Tous ces ouvrages se vendent aussi en séries.

ŒUVRES ILLUSTRÉES D'ERCKMANN-CHATRIAN

Romans nationaux :

LE CONSCRIT DE 1813........ 1 40
MADAME THÉRÈSE........ 1 40
L'INVASION........ 1 60
WATERLOO........ 1 80
L'HOMME DU PEUPLE........ 1 70
LA GUERRE........ 1 40
LE BLOCUS........ 1 60

Ces 7 ouvrages réunis en 1 vol. grand in-8 : Prix relié 15 fr. — Toile 13 fr. — Broché........ 10 »

Réunis en 2 vol gr. in-8 :

Première partie. — LE CONSCRIT. — MADAME THÉRÈSE. — L'INVASION. — WATERLOO. — Prix relié 10 fr. — Broché........ 5 50
Deuxième partie. — L'HOMME DU PEUPLE. — LA GUERRE. — LE BLOCUS. — Prix relié 9 fr. — Broché. 4 50

Romans populaires

MAITRE DANIEL ROCK........ 1 20
L'ILLUSTRE DOCTEUR MATHÉUS........ 1 40
HUGUES LE LOUP........ 1 40
CONTES DES BORDS DU RHIN........ 1 30
JOUEUR DE CLARINETTE........ 1 60
MAISON FORESTIÈRE........ 1 20
L'AMI FRITZ........ 1 50
LE JUIF POLONAIS........ 1 30

Ces 8 ouvrages réunis en 1 vol. grand in-8 : Prix relié 15 fr. — Toile 13 fr. — Broché........ 10 »

Réunis en 2 vol. gr. in-8 :

Première partie. — DANIEL ROCK. — MATHÉUS. — HUGUES LE LOUP. — CONTES DES BORDS DU RHIN. — Prix relié 9 fr. 50. — Broché........ 5 »
Deuxième partie. — JOUEUR DE CLARINETTE. — MAISON FORESTIÈRE. — L'AMI FRITZ. — JUIF POLONAIS. — Prix : relié 9 fr. 50. — Broché........ 5 »
HISTOIRE D'UN PAYSAN. — 1 vol. gr. in-8, relié 12 fr. — Toile 10 fr. — Broché........ 7 »

Cet ouvrage se vend aussi en séries : 2 séries à 1 fr. 75, 1 série à 2 fr. et 1 série à 1 fr. 90.

HISTOIRE DU PLÉBISCITE........ 2 »
HISTOIRE D'UN SOUS-MAITRE........ 1 30
LES DEUX FRÈRES........ 1 60
LE BRIGADIER FRÉDÉRIC........ 1 20
UNE CAMPAGNE EN KABYLIE........ 1 40
MAITRE GASPARD FIX........ 2 »
Ces 6 ouvrages réunis en un seul volume grand in-8 : Relié 14 fr. — Toile 12 fr. — Broché........ 9 »
SOUVENIRS D'UN CHEF DE CHANTIER. — Prix. 1 10
CONTES VOSGIENS. — Prix........ 1 30

Paris, — Imp. Gauthier-Villars, 55, quai des Grands-Augustins.

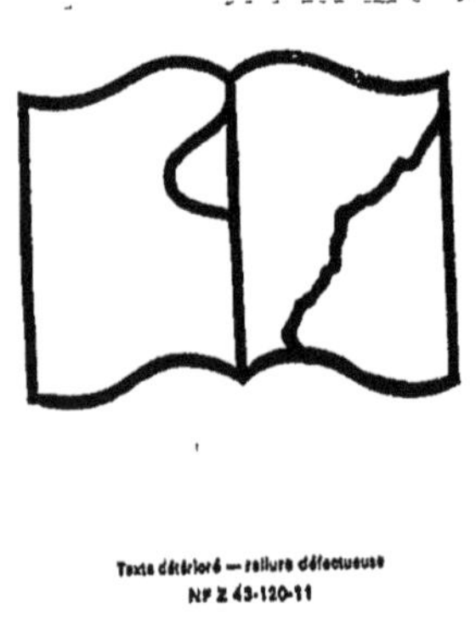

Texte détérioré — reliure défectueuse
NF Z 43-120-11

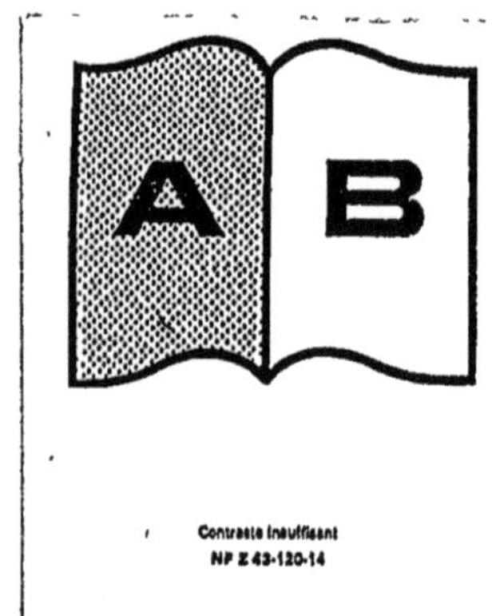

Contraste insuffisant
NF Z 43-120-14

Original illisible
NF Z 43-120-10

www.ingramcontent.com/pod-product-compliance
Ingram Content Group UK Ltd.
Pitfield, Milton Keynes, MK11 3LW, UK
UKHW021006200726
13857UKWH00004B/1294

9 782012 894228